茅盾研究
八十年書系

錢振綱・鍾桂松◎主編

丁柏銓◎著

31

茅盾早期思想新探

（上）

花木蘭文化出版社

國家圖書館出版品預行編目資料

茅盾早期思想新探（上）／丁柏銓 著—初版—新北市：花
木蘭文化出版社，2014〔民 103〕
序 6+ 目 10+142 面；19×26 公分
（茅盾研究八十年書系；第 31 冊）
ISBN：978-986-322-721-2（精裝）
1. 沈德鴻　2. 中國當代文學　3. 文學評論
820.908　　　　　　　　　　　　　　103010439

中國茅盾研究會《茅盾研究八十年書系》編委會

主　編：錢振綱　鍾桂松

副主編：許建輝　王中忱　李　玲

特邀顧問：

邵伯周　孫中田　莊鍾慶　丁爾綱　萬樹玉　李　岫

王嘉良　李廣德　翟德耀　李庶長　高利克　唐金海

茅盾研究八十年書系
第三一冊　　　　　　　　　　ISBN：978-986-322-721-2

茅盾早期思想新探（上）

本書據南京大學出版社 1993 年 7 月版重印

作　　者　丁柏銓
主　　編　錢振綱　鍾桂松
總 編 輯　杜潔祥
副總編輯　楊嘉樂
編　　輯　許郁翎
出　　版　花木蘭文化出版社
社　　長　高小娟
聯絡地址　235 新北市中和區中安街七二號十三樓
　　　　　電話：02-2923-1455／傳眞：02-2923-1452
網　　址　http://www.huamulan.tw 信箱 hml810518@gmail.com
印　　刷　普羅文化出版廣告事業
初　　版　2014 年 7 月
定　　價　60 冊（精裝）新台幣 120,000 元

茅盾早期思想新探（上）

丁柏銓 著

作者簡介

丁柏銓，二級教授，享受國務院「政府特殊津貼」專家。1947 年 6 月出生，江蘇無錫人。曾任南京大學漢語言文學系副系主任、新聞傳播學系主任。現爲南京大學新聞傳播學院博士生導師，兼任中國社會科學雜誌社外評審專家，中國科技大學等六所大學兼職教授。著有文學和新聞學方面專著十多部，發表學術論文近 300 篇，獲得過教育部和江蘇省優秀研究成果獎多項，主持全國哲學社會科學基金重點項目 3 項。主持的教學成果獲校級特等獎、省級一等獎、國家級二等獎。

提　　要

　　本書將早期的茅盾置於「五四」時期特定的歷史背景下，進行全方位的立體考察。作者直面茅盾早期思想中的矛盾現象，先是分別考察其進化論觀點、人道主義思想以及早年接受的馬克思主義影響，論析其間的牴牾；又在此基礎上，將茅盾早期所具有的上述三種思想因素綜合起來進行考察分析，探索它們之間交互作用的情形和最終形成的合力，以求較爲清晰和符合原貌地揭示茅盾早期思想中的矛盾以及矛盾背後的豐厚底蘊，並勾勒出茅盾早期思想發展的軌跡和其心路歷程。書中對茅盾早期文學思想、文學批評、美學觀點得失的探析，是與對其社會政治觀和社會發展觀的研討緊密聯繫在一起的，從而達到了一定的深度。作者肯定了茅盾早期思想中應當肯定和值得肯定的部分，也實事求是地指出了存在的某些不足，並追溯了其中的深層次原因。著作的最後部分，就茅盾早期思想研究中一些較爲流行、值得商兌的觀點，從學術層面進行了商榷，旨在勾畫一個實實在在的早期茅盾。該著在研究中，既注重就茅盾早期思想的發展過程作前後的縱向比較分析，又注重將茅盾與同時代同樣受進化論影響的魯迅作橫向比較研究。總之，作者是將早期茅盾作爲獨特的「這一個」來研究的。由此，該著在諸多方面體現出了原創性。

序

葉子銘

　　1992 年歲末，丁柏銓同志送來他的新作手稿——《茅盾早期思想新探》（以下簡稱《新探》），要我爲他寫篇序。其時，金陵城中商戰正酣，各大小商場利用春節前夕旺銷季節，紛紛舉辦巨獎酬賓活動，以招徠顧客。再放眼全國，商品經濟大潮正以熾熱之勢席捲著神州大地，處於轉型期中的文化知識界面臨著更加嚴峻的困境與挑戰，學術研究舉步維艱。在這樣的時刻，我翻閱柏銓同志厚厚三大包靠爬格子摞起來的手稿，深深地被他那種依然執著於學術探討與追求歷史眞實的精神所感動。

　　我認識柏銓同志，說來已有十多個年頭了。作爲文革後成長起來的一名青年學者（其實，論年齡，他已介於中青年之間），他也經受過他們那一代的波折。1966 年高中畢業時，文化大革命風暴中斷了他的學業，此後在上山下鄉的浪潮中，他曾到鹽城地區濱海縣插隊落戶七年又三個月。1977 年秋，他才得以參加文革後首批大學考試，翌年春季以優秀的成績進入南京大學中文系就讀，成爲文革後恢復高考制度的首批大學生。我和柏銓同志有較多的接觸，始於 1981 年春爲他們畢業班開設《茅盾研究》的選修課。當時他對茅盾早期思想的複雜性及其演變軌跡，開始產生濃厚的興趣，並就進化論對茅盾早期思想的影響問題，相當認眞地寫了一篇頗有見地的作業，給我留下深刻的印象。畢業留系以來，由於工作的需要，他先後擔任過大學語文、文藝理論、寫作、中國當代文學及新聞專業的教學與研究工作，80 年代後期以來還先後兼任中文系、新聞傳播學系的行政領導工作。十餘年來，他涉獵的領域不斷拓展，學業日益精進，在科研上也取得顯著的成績，如 1991 年與周曉揚合作出版了《新時期小說思潮與小說流變》的專著。儘管如此，他始

終沒有中斷對茅盾早期思想的探討，而是日積月累、持之以恆地進行了追蹤研究。1983 年夏，他以選修《茅盾研究》課期間所寫的作業爲基礎，整理發表了《茅盾「五四」時期的進化論思想及其文藝觀》（刊於《南京大學學報》1983 年第 3 期）。1984 年，他又發表了《茅盾早期思想若干問題商兌》（刊於《中國現代文學研究叢刊》1984 年第 4 輯），對前輩學者的一些很有影響的見解，提出了不同的意見，引起了國內茅盾研究學者的注目。此後，他以鍥而不捨的精神繼續深入探討茅盾早期的思想，不斷以新的研究成果，參加了由中國茅盾研究學會主辦的全國性和國際性的茅盾研究學術討論會，成爲引人注目的青年茅盾研究者之一。現在，即將問世的《新探》一書，可謂是他十餘年來對茅盾早期思想研究的系統綜合與深化，在當前學術研究面臨新的困境的情勢下，它的出版，無疑是茅盾研究的一個可喜的新收穫。

　　1962 年底，曾有人訪問邵荃麟同志，就如何開展茅盾研究徵求意見。荃麟同志答曰：可以先就茅盾的創作進行研究，至於思想研究則還是放慢一步好。荃麟同志與茅盾同志有過長期的交往與友誼，但在當時批判了「寫中間人物論」的形勢下，作爲中國作協黨組書記，他對如何開展茅盾思想研究仍心存疑慮。從這個小小的事例中，我們可以理解到爲什麼長時期以來關於茅盾思想的研究一直是個相當薄弱的環節。80 年代以來，隨著改革開放的深入和左的思想禁錮的逐步消除，特別是茅盾逝世後胡耀邦同志對茅盾一生作出重要的歷史性評價以後，學術界對茅盾思想（包括文藝思想和美學思想）的研究，開始出現活躍的局面。一些中青年研究者，相繼發表與出版了一批具有開拓性與建設性的論文與專著，其中，影響較大的有樂黛雲的《茅盾早期思想研究》、《茅盾的現實主義理論與藝術創新》等論文，朱德發等的《茅盾前期文學思想散論》、楊健民的《論茅盾早期文學思想》、曹萬生的《理性·社會·客體——茅盾藝術美學論稿》、丁亞平的《一個批評家的心路歷程》、羅宗義的《茅盾文學批評論》等專著。這些論著，從不同的側面對茅盾的社會政治思想、文學思想和美學思想，特別是早期思想的各個側面，進行了比較深入的探討，大大地推動了這一領域的研究工作。

　　柏銓同志的可貴之處，在於他並不滿足於學術界已取得的成果，針對此前的研究大多只注意茅盾早期思想的某些側面，對其豐富內涵及相互聯繫缺乏整體的綜合研究，他採取歷史、美學與比較的方法，力求對茅盾早期思想的方方面面進行多側面的整體研究。《新探》一書的顯著特色之一，是堅持從

史實與茅盾當年所處的社會歷史條件出發，對茅盾早期思想的豐富性、複雜性及其內在的矛盾與演變軌跡，以及在中國現代文學發軔期茅盾對現代文學理論批評的貢獻與得失，進行了比較系統全面的客觀評述，力求重視茅盾早期思想的原生面貌。儘管我們還不能說他的這種努力已經盡善盡美、無懈可擊了，但可以肯定，在茅盾早期思想研究方面，作者確實作出了一些新的突破，在不少方面提出了自己的獨特見解。例如，作者從史實出發，對茅盾早期接受馬克思主義思想的演變軌跡，在作出比較清晰分析的同時，還著重對茅盾早期思想的複雜性進行了相當充分、細緻的闡述，可謂頗具功力。他從梳理第一手資料出發，提出茅盾在接受馬克思主義思想影響前後，確實受過克魯泡特金的「互助進化說」、達爾文的進化論、西方的人道主義思想的影響，以專章就這些影響的得失，作了深入、細緻的剖析，並勇於就學界的一些流行的見解，提出不同的看法。比如，相當長時間以來，人們對茅盾早期所受的人道主義思想的影響，往往採取迴避或批判的態度。本書作者則肯定「人道主義曾是茅盾早期思想的重要構成部分」，並能勇於面對歷史事實，指出茅盾早期的人道主義來自兩條思想線索：遠的通向俄羅斯文學和法蘭西文學，近的則通向周作人。作者認為茅盾早期人道主義是通過「互助論」與進化論緊密相聯，並逐步加強反抗性的成分，同社會主義的政治信仰在矛盾中共存，認為這也是茅盾區別於周作人之處。此外，他還比較了魯迅與茅盾早期人道主義思想的不同特點，認為魯迅是通過抨擊「惡」來張揚人道主義，茅盾則是通過鼓吹「善」來宣揚人道主義的。再如，在中卷裡，作者對茅盾早期文學批評觀的構成，以及五組內在矛盾現象及其淵源的分析，也能提出自己的獨特見解。可以說，《新探》一書對茅盾早期的社會政治思想、文藝思想、美學思想及其相互關係的綜合研究，儘管章節之間不盡平衡，如對茅盾早期美學思想的分析就相對薄弱，但從總體上說，作者這種從整體上進行綜合研究的努力是應該肯定的，並且已取得不少引人注目的成績。

《新探》的另一重要特色，是作者力求擺脫主觀的、感情的色彩和「為賢者諱」的傾向，堅持從客觀的歷史實際出發，對前輩、同輩學者的觀點乃至茅盾本人的說法，勇於提出不同的意見，顯露出一個青年學者的膽識。最突出的例子，是他對茅盾早期是否受過進化論影響的論述。樂黛雲同志於1979年發表了《茅盾早期思想研究》，這是文革後率先就茅盾早期思想進行深入研究的一篇頗有深度與影響的重要論文。文中對茅盾與進化論思想的關

係提出了新的見解：茅盾雖多次講到「文學的進化」、「心理的進化」等，但他「所說的『進化』顯然只是指一般的發展變化而言，作爲進化論理論核心的生存競爭，優勝劣敗，弱肉強食，適者生存等觀點到五四時期已遠不如辛亥革命前後盛行，這些觀點也從來沒有在茅盾的思想中佔據過主導地位。」〔註1〕茅盾本人在晚年撰寫的回憶錄裡也說過：「進化論，當然我研究過，對我有影響，不過那時對我思想影響最大，促使我寫出這兩篇文章（按：指《學生與社會》、《一九一八年之學生》）的，還是《新青年》。」〔註2〕《新探》從對大量原始材料的分析入手，對上述的說法提出不同的意見。他以茅盾寫於「五四」前後的一系列文章爲依據，分別就茅盾對當時時代特點的概括，對宇宙發展、生物乃至人類進化原因的探索，對婦女問題所發表的見解，對文藝問題的論述等四個方面，論證茅盾均體現出進化論的思想。同時，作者還引證了《新青年》、《新潮》等刊物的文章，說明它們不僅刊載宣傳民主主義、愛國主義思想的文章，也刊載宣傳進化論思想的文章，這對茅盾早年的思想均產生過深遠的影響。由此，作者得出如下的結論：進化論思想一度曾是茅盾觀察人類歷史、社會現象的主要思想武器之一，它對茅盾早期的文藝觀曾發生過重要的影響。柏銓同志還以茅盾寫於 1922 年的《獨創與因襲》裡的一句話：「進化底原則普遍於人事」，來概括他的基本觀點。

　　黛雲同志是我所熟悉與敬重的朋友。她在茅盾研究，尤其是後來在比較文學研究方面，作出了十分突出的貢獻，已爲學界所公認。我想，對待一些具體的學術問題，我們應該本著求眞務實的精神，不論輩份的高低，展開正常的、平等的學術探討與爭鳴。這點，我相信黛雲同志也會同意的。就此而論，我覺得柏銓同志所作的工作，是值得讚許的。以我個人看法，曾被恩格斯視爲十九世紀自然科學的三大發現之一的達爾文進化論，從十九世紀末葉到「五四」運動前後，確實對中國的文化知識界產生過廣泛的影響。作爲反封建的思想武器之一，可以說，不光是魯迅深受其影響，「五四」一代的許多著名作家、學者，也都程度不同地受過它的影響，茅盾也沒有例外。至於胡適的改名則更是一個突出的例證。我手頭有一本出版於 1920 年的譯著《近世美學》，譯者劉仁航在《譯後贅言》裡說：「頃者西風東漸，天地異色，東方人士，於數千年之習尚，頓生改觀。慕外者聞其風而醉心。謂起居飲食

〔註 1〕 見《中國現代文學研究叢刊》1979 年第 1 輯，第 157～158 頁。
〔註 2〕 見《我走過的道路》（上），第 128 頁，人民文學出版社 1981 年出版。

衣服禮俗，一切所有，必准諸人。是曰改良，是爲進化（重點號爲筆者所加），
非然者爲腐敗也；是曰文明，否則蠻野也；是曰美，否則醜而已矣。」從這
段話裡也透露出一個歷史的信息，即作爲外來思潮之一的進化論，在「五四」
運動前後對中國知識界曾經產生過廣泛而深刻的影響，引起國人思想觀念的
巨大變化，乃至成爲進步與保守之分野。譯者還就這一變化進一步描述道：
「一家之中，則父子異途，夫妻反目；同門之中，則薰蕕異臭，師弟背馳；
同鄉之中，則志趣不投，情好不通；同國之中，則黨派林立，異議蜂起……」
〔註3〕這說明當時進化論曾成爲外來的時髦思潮之一，在中國社會處於轉型
期中產生過巨大衝擊波。當然，隨著馬克思主義的傳播與西方各種新思潮的
不斷湧入，進化論的影響力也日益減弱了。

　　還需要補充說明的是，達爾文的進化論，後來被西方的一些學者用於社
會科學領域，形成社會達爾文主義的派別。這一派別主張在社會發展中弱肉
強食、優勝劣汰，爲帝國主義的強權政治提供理論根據。就此而論，樂黛雲
同志從分析茅盾的《尼采的學說》一文入手，指出茅盾對尼采超人哲學中的
社會達爾文主義的觀點給予嚴厲的批判，是符合茅盾的思想實際的。從茅盾
早期思想發展的實際看，他始終是同情與支持被壓迫的弱小民族的，這種思
想恰好是同社會達爾文主義背道而馳的。

　　《新探》一書涉及的論題很多，這裡不可能也不需要再一一評說了。我
期望，此書的出版應是柏銓同志從事茅盾研究的一個新的起點，而不會成爲
一個句號。

1993 年 9 月 14 日夜
於南京南秀村 25 號 502 室

〔註 3〕 劉仁航譯：《近世美學》，商務印書館 1920 年出版。

目

次

作爲時代弄潮兒的早期茅盾及
研究茅盾早期思想的方法（代前言）

茅盾是二十世紀中國的文學巨匠、文化巨人，是一位有著世界性影響的偉大作家。早期，是他整個文學生涯的一個重要階段。他的早期思想是一個寶庫。其早期思想的發展，展露了諸多顯著的特點：很少有幾位作家，接受馬克思主義和參加共產黨組織這樣早，在東西方文化交流的過程中批判精神這樣強，在內容豐富龐雜的思想體系之中內在的矛盾這樣多。一句話，其早期思想發展的進程充分體現了「茅盾現象」。本書將全面地展示和評析這種「茅盾現象」的具體內涵，全面地展示和評析偉大跋涉者的艱難探索，並試圖在茅盾早期思想研究的領域中探索出些許新意來。

一

「早期」時間上的界定。追溯到茅盾二十歲之前的人生階段。早期思想的準備期。家庭教育、學校教育和社會教育。個性心理特點。這一切對茅盾早期思想的影響。

首先必須說明，我們這裡所說的早期，是指茅盾在商務印書館任職時期，即從 1916 年 8 月至 1926 年 4 月。

而在這「早期」開始之前，茅盾在他的人生旅程上，已足足度過了二十個春秋。這中間，包括了他的全部幼年和少年時期，還包括了他的小半個青年時期。這二十年，實際上也就是早期思想的準備期。研究茅盾的早期思想，不得不對他此前的思想作一番追溯。

　　茅盾誕生於十九世紀末期。他降生不久，資產階級改良派就發起了戊戌變法運動。雖然這只是一次改良主義運動，但它畢竟在思想界、知識界產生了不小的影響。1899 年，聲勢浩大的義和團反帝愛國運動勃然而興。這場運動極大地激發了人們的愛國主義情緒。戊戌變法運動和義和團運動的發生，都是當時社會矛盾的反映，有其必然性。世紀末的中國社會中，存在著難以解脫的深刻的社會危機和民族危機。1895 年，清政府在中日甲午戰爭中宣告失敗。這就陷入了更深的危機。代表民族資產階級和開明士紳政治要求的康有爲等人，多次上書光緒皇帝，主張「變法圖強」。康有爲的維新主張，在富有愛國心的知識分子中引起了強烈的共鳴。「公車上書」的衝擊波也波及到了茅盾的父親沈永錫。關於這一點，茅盾在《我走過的道路》一書中有一段記述：

　　　　父親結婚那年，正是中日甲午戰爭的那一年。清朝的以慈禧太后爲首的投降派，在這一戰爭中喪師辱國割地求和，引起了全國人民的義憤。康有爲領導的公車上書，對於富有愛國心的士大夫，是一個很大的刺激。變法圖強的呼聲，震動全國。烏鎮也波及到了。我的父親成了維新派。親戚中如盧鑒泉，朋友中如沈聽蕉（鳴謙），都與父親思想接近。〔註1〕

雖然慈禧太后再出親政後，以殘忍的手段扼殺了正當高潮期的戊戌變法運動，使茅盾的父親「空高興了一場」，然而可以說，維新思想已經在沈永錫們的心田播下了種子。任憑什麼樣的時代風雲，也不能將這種子刮走。

　　茅盾是在中國歷史上最黑暗的年代中呱呱落地的，又是沐浴著思想啓蒙和反帝愛國鬥爭的陽光雨露而成長的。

　　他出生於一個小康之家。他的家是一個三代同堂的封建大家庭。曾祖父曾經做過官，由經商而走上仕途，官是捐的，且任職時間很短，並未沾上太多的官場惡習。祖父沈恩培是個「樂天派」，「對於兒孫的事，素來抱『自然主義』」，任憑他們「愛什麼就看什麼」。〔註2〕祖父在治家方面所體現的開明思想，直接影響了茅盾的父親沈永錫。沈永錫是位醫生，有許多新思想。他「雖然從小學八股，中了秀才，但他心底裡討厭八股」。他喜歡數學，喜歡讀聲、光、化、電方面的書，喜歡讀「介紹歐、美各國政治、經濟制度的新

〔註1〕見《我走過的道路》（上）第27、28頁，人民文學出版社1981年出版。
〔註2〕茅盾：《我的小傳》，《文藝月報》創刊號，1932年6月。

書」。毫無疑問，這是與其父所奉行的「自然主義」、所具有的開明思想分不開的。正因爲有了這樣的家庭環境和自身的內在條件，當維新變法的社會思潮湧動的時候，沈永錫才能敏感地、發自內心地接受它。在家庭中，沈永錫對茅盾的影響是舉足輕重的。沈永錫從他的父親那裡承繼了開明治家的傳統，同時又以自己的維新思想潛移默化地影響了童年時期的茅盾。沈永錫堅持讓茅盾學「新學」，還允許茅盾閱讀小說這種在當時被稱作「閒書」的書。當沈永錫知道兒子背著他偷看小說《西遊記》的時候，他沒有橫加訓斥，相反，卻讓妻子把一部石印的《後西遊記》找出來給兒子看。他認爲，看「閒書」也要把「文理看通」，「使得國文長進」，因此，「小孩子想看『閒書』也在所不禁，……」這樣，茅盾童年時期就獲准閱讀了《水滸》、《七俠五義》、《三國演義》等中國古典小說。沈永錫的開明，使幼小的茅盾有機會接受中國古典文學作品的薰陶，使茅盾的天賦和智力較早地得到了開發。沈永錫的開明之舉，對於茅盾日後的成長產生了不可估量的影響。

茅盾幼年喪父。他是在母親陳愛珠的「訓政」下度過自己的童年時代的。母親挑起了本該由她和丈夫共同承擔的撫養、教育子女的重任。丈夫英年早逝後，她「誓守遺言，管教雙雛」。她出生於中醫世家。茅盾的外祖父不僅醫術高明，而且十分注重醫德和人品。外祖母既達觀又能幹。由於她有腦病，管理大家庭的重擔就落到了陳愛珠的肩上。陳愛珠自小讀書識字，能寫會算。十四歲開始主持家政，各種事務都安排得井井有條。她愛好文學，特別喜愛中國的古典小說。她熟讀過四書五經、《古文觀止》等書籍。她以自己的思想品格和知識，悄無聲息地影響著茅盾。陳愛珠從她的母親那裡繼承了達觀性格的遺傳基因，同時又在過早承受的家庭生活的重壓下造就了堅韌不拔的品格和辦事幹練的作風。陳愛珠在哺育「雙雛」的過程中，她的舊學的功底和文學素養都曾經發生過不一定十分驚人的然而又是實實在在的作用。這就是茅盾的第一個啓蒙老師。她一方面傳授知識，使茅盾受到了包括了古代文學作品在內的古代典籍以及天文、地理之類自然科學的最初薰陶；另一方面，她又以自己的行爲方式和處世態度施影響於茅盾。有陳愛珠這樣的啓蒙老師是茅盾人生旅途中的一大樂事。

無論是父親還是母親，都爲茅盾兒童少年時期的成長提供了良好的條件。在這一點上，茅盾是極爲幸運的。

隨著年歲的增長，茅盾更多地接觸了「新學」。在學校中，一些維新派新教

師極力改革課程，更新教學內容，推行新式的教授法，希冀用教育來傳播改良主義思想，達到拯救處在黑暗中的眾生的目的。他們在講壇上宣傳自己的思想主張，力圖造成關心國事、關心政事的氛圍。立志小學的教員沈聽蕉（鳴謙）就是對少兒時期的茅盾頗有影響的一位維新派人物。沈聽蕉的教學手段之一，就是讓十歲左右的茅盾和同學們寫史論。他要求學生從古事論到時事，「論古評今」。每星期一篇的史論，把茅盾訓練得不免有些老氣橫秋。但用心良苦的沈聽蕉，藉此向學生灌輸著一種可貴的思想：要關心現實。茅盾沒有辜負沈聽蕉的一番苦心，也沒有忘卻父親生前「大丈夫當以天下為己任」的諄諄教誨。他的七尺身軀中，逐漸形成了一種向上的、進取的士大夫氣。他「論古評今」，常體現出深邃的思考和崇高的責任感、使命感。茅盾崇尚奮勉。他在《蘇季子不禮於其嫂論》一文中寫道：「吾黨少年。宜自奮勉。效蘇秦之貧困。發憤有為。不負父母。斯則一生不虛矣！」〔註 3〕記得茅盾早期在《一九一八年之學生》中曾提出並闡發過「奮鬥主義」：「吾學生在校時研究學術，出校後應用所學，皆非有奮鬥力不可。必紮硬寨打死仗，從苦戰以得樂，乃為真樂。人生之天職，即為奮鬥。無奮鬥力者，百無成就。此為今後學生立身之第一事矣。」〔註 4〕從少年時代以奮勉自勉，到青年時代以奮鬥主義自勉勉人，後者是前者的合乎邏輯的發展。在小學時代，茅盾還寫過題為《文不愛錢武不惜死論》的史論。文章在列舉文不清廉武無義勇自古迄今所釀成的無數禍患的基礎上，一針見血地指出：「欲在文無賣官鬻爵。重賦繁役之官。武無私和敵人。臨陣退後之官。而天下亦可稍稍太平矣。」老師讚曰：「慷慨而談。旁若無人。氣勢雄偉。筆鋒銳利。正有王郎拔劍斫地之慨。」這既是對茅盾習作的充分肯定，同時也是對文中所體現的茅盾當時的精神狀態的讚美。從茅盾孩提時代的習作中，我們不僅感受到了他的思想的深邃、性格的老成，而且感受到了他的一腔正氣。《西人有黃禍之說試論其然否》一作，則向人們直接透露了幼小的茅盾接受維新思想薰染的信息。他把新政稱作是「危急存亡之秋」的希望所在：「我國近日仿效泰西。力行新政。人民智識。日漸開通，正一線之光明也。」他對新政寄予厚望，也充滿信心：「昔少康興夏。有田一成。有眾一旅。而況我中國土地之遼闊。民庶之殷繁乎。如能力行新政。以圖自強。將駕歐美而上之。為全地球之主人翁矣。」茅盾對新政所寄託的希望，應當說是不切實際的。但他在文中所表達的

〔註 3〕見《茅盾全集》第 14 卷第 372 頁，人民文學出版社 1987 年出版。
〔註 4〕見《學生雜誌》第 5 卷第 1 號。

民族自信心，所表達的變革現實的願望和決心，又是極爲可貴的。這些潛在的思想因素和精神因素，在他以後的人生旅程中，將一再地或顯或隱地發生作用。從這裡，我們不難理解茅盾何以在人生旅程中總是採用「入世」的方式處世行事。茅盾的師長——以天下爲己任的士大夫們，確確實實以自己的言行對茅盾發生了刻骨銘心的影響。

年屆十三時，茅盾跨進了中學的校門。茅盾結束了故鄉的「蝸居」生活，來到了一片新的天地之中，視野相對開闊了。在語文課上，他讀到了先秦的諸子散文。用他自己的話說：「這是我第一次聽說先秦時代有那樣多的『子』。在植材（筆者注：指植材小學）時，我只知有《孟子》。」〔註5〕

在中學時代，茅盾迎來了中國近代歷史上的重大事件——辛亥革命。他所在的嘉興府中學，校長和大部分教員都是革命黨人。但是他們大都是「眞人不露相」，在宣傳自己的政治主張方面，遠不如茅盾小學時的老師沈聽蕉那樣直率和大膽。以致在辛亥革命前夕及辛亥革命來到之時，身處於革命黨人周圍的茅盾及其同學，卻反而對國家大事知之甚少。即使如此，當武昌起義的消息傳來時，茅盾和同學們的精神立即亢奮起來。茅盾後來回憶道：

> 雖然我們那時糊塗得可笑，只知有「革命」二字。連中國革命運動的最起碼的常識也沒有。我們不知道在這以前，有過那些革命的黨派，有過幾次壯烈的犧牲，甚至連三民主義這名詞也不知道。然而武昌起義的消息使我們興奮得不得了。我們無條件的擁護革命，毫無猶豫地相信革命一定會成功。〔註6〕

對於這場革命，茅盾們事先並無精神準備，事件來到時又未進行深刻的理性思考，因此興奮盡可以興奮，但來得快，去得也快。他擁護革命，相信革命一定會成功，但其行動和信念，尚缺乏堅實的思想基礎。革命浪潮過去以後，茅盾只是感到深深的失望。這失望包含著雙重含義：一是因缺乏思想基礎，熱情消退得快；二是革命本身不徹底，因而茅盾對此深感失望。他事後回憶說：「除了不必再拖辮子以及可以不必再在做作文的時候留心著『儀』字應缺末筆，此外實在什麼也沒有，於是乎我之不免於觖望，又是當然的事。」〔註7〕

〔註5〕茅盾：《我走過的道路》（上）第71頁，人民文學出版社1981年出版。
〔註6〕茅盾：《回憶是辛酸的，然而只有激起我們的奮發之心》，見《時間的記錄》，大地書屋1946年出版。
〔註7〕轉引自邵伯周：《茅盾評傳》第35頁，四川文藝出版社1987年出版。

也許是因爲往昔居家時父母親對自己的影響太深，也許是因爲小學時代留下的印象實難磨滅，也許是因爲辛亥革命在自己心中沒有造成更大的波瀾，茅盾對自己中學時期的生活的回顧評價用的是低調：

> 我的中學生時代是灰色的平凡的，只把人煨成了恂恂小丈夫的氣度。在我的中學生時代，沒有發生過一件事情使我現在回想起來還感受著興奮和震蕩。……
>
> 我經歷過三個中學，……如果一定要我找出三個中學曾經給予我些什麼，現在心痛地回想起來是這些個：書不讀秦漢以下，駢文是文章之正宗；詩要學建安七子，寫信擬六朝人小札；舉止要風流瀟灑，氣度要清華流曠。……〔註8〕

把自己的中學時代說成是灰色的，這或許是事後回顧時所用的自謙之辭。然而茅盾對自己中學生時代的生活頗不滿意，這是事實。從根本上說，原因在於初步形成的以憂國憂民、以天下爲己任爲主要內涵的士大夫氣概一直未得到伸展。即使是辛亥革命的浪潮襲來時，也是如此。

十七歲時，茅盾來到了北京，進入北京大學預科第一類。是時，爲 1913 年。在北大預科茅盾學習凡三年。他苦讀了古今中外的許多文學作品，涉獵甚廣。雖然此時北京大學還是個「古氣沉沉的老大學」，但中國的大地底下，地火正在運行。帝位尚未坐穩的袁世凱，在全國人民的一片聲討聲中死去，恢復帝制的活動被挫敗。無產階級和民族資產階級正在積聚著自己的階級力量。具有開放意識和進步思想的知識分子，正逐步成爲重要的社會力量。尤爲重要的是，陳獨秀創辦的《青年》雜誌（後更名爲《新青年》）於 1915 年問世。這猶如沉睡的大地上空響起的第一聲驚雷。這些時代的、社會的因素似乎並沒有立即打破茅盾的平靜的大學預科生活。然而它們又總會在茅盾以後的生涯中或多或少地發生影響。

1916 年，茅盾離開了在當時還是「古氣沉沉」的北京大學，不久來到了現代大都市上海，在商務印書館謀到了一份差使。這時，「五四」新文化運動的前奏曲已經奏響。茅盾不久就感受到了時代大潮即將來臨的信息。巧得很，這時，正值他人生新階段的開始。茅盾以新的姿態，迎來了新的時代大潮，並站到了大潮的前列。

〔註 8〕茅盾：《我的中學生時代及其後》，見《印象·感想·回憶》，文化生活出版社1936 年出版。

綜上所述，可知在茅盾的前二十年中，家庭教育、學校教育和社會教育，雖不乏消極因素，但又從學識和社會責任感兩個方面造就了茅盾，使茅盾在學識的廣博方面遠遠地超出了同齡人，又使茅盾始終牢記自己對社會所負的責任。無疑，他這一時期所說的「以天下爲己任」，大抵還只能是以愛國的士大夫爲效法的榜樣。灰色的中學生時代留給他的遺憾之一，恐怕是以一個憂國憂民的士大夫的期待視野去視察那些革命黨人，由看到不足因而深感遺憾（他們一個個都是那樣的「眞人不露相」）。步入社會以後，茅盾的士大夫之氣猶在。「五四」新文化運動醞釀之際，茅盾的思想與之一拍即合。士大夫之氣在他的內心深處默默地發生著作用。加之辛亥革命時期他因未能躬逢其事而感到不滿足，這就使他獲得了一種心理動力，決定了他必然站到潮頭，必然成爲一名弄潮兒。而以後的歲月，確實讓他經了風雨，見了世面，他的士大夫之氣逐漸消退，取而代之的是革命民主主義思想和最終確立起來的社會主義政治信念。

二

> 茅盾早期所處時代時代特點的描述。兩次大的浪潮。「五四」運動高舉了反帝反封建的大旗。思想文化上的大吐大納。西方社會思潮紛至沓來。「五四」給茅盾早期思想以深刻影響。「五卅」運動，又一次群眾革命鬥爭的高潮。進化論和人道主義思想體系的最終被轟毀。

在茅盾早期這十年中，時代和社會出現過兩次大的浪潮。茅盾與這兩次大的浪潮，有著十分密切的關係。

一次是「五四」運動。狹義的「五四」運動，是 1919 年 5 月 4 日所爆發的中國人民反對帝國主義和封建主義的偉大革命運動。廣義的「五四」運動，是徹底的反封建的新文化運動。它的直接影響，幾乎涵蓋了茅盾的整個早期。

從辛亥革命推翻帝制，到第一次世界大戰結束，中國大地上發生了一系列引人注目的變化。辛亥革命推翻了統治中國兩千餘年的封建君主專制制度。但是它並沒有改變中國自 1840 年以來形成的半殖民地半封建社會的生產關係。中國的民族資本主義在第一次世界大戰期間獲得了長足的發展。但是它又受到帝國主義和封建主義的嚴重束縛。由於它與帝國主義、封建主義有著千絲萬縷的聯繫，因此它自身依然軟弱，不可能擔當起領導反帝反封建的

民主革命的重任。隨著資本主義經濟的發展，工人階級的隊伍迅速壯大。它具有革命的領導階級所必須具備的素質。在 1919 年「六三」和「六三」以後，它初試鋒芒，第一次以獨立的政治力量的面目登上政治舞臺，從而爲「五四」運動增添了異彩，同時也向世界宣告：它有著在未來的革命中充當領導階級的才能。

這一時期的又一個變化是：中國知識分子的隊伍，在第一次世界大戰期間有了新的發展。其中的優秀者，時刻關心著國家的前途和民眾的命運。他們對於辛亥革命，由熱望到失望。「路漫漫其修遠兮，吾將上下而求索」。他們進行著不懈的探索。他們不僅深切地感受著辛亥革命失敗的苦楚，而且承受著由帝國主義、軍閥政府的壓迫所造成的痛苦。日本帝國主義旨在滅亡中華民族的舉動，滋長和激發了他們的危機意識。「五四」的反帝愛國行動，是這種危機意識的直接迸發。

這一時期的再一個變化是：民族矛盾正日趨加劇。第一次世界大戰以後，中國以「戰勝國」的身份出席了「巴黎和會」。中國代表在國內輿論的壓力下向和會提出的令德國交還在中國的特權的正當要求，卻遭到了日本的拒絕。日本蠻橫地要求無條件地佔有德國在山東的特權。在巴黎和會上中國外交的失敗，直接引發了「五四」反帝愛國鬥爭。

最後一個引人注目的變化是：由於十月革命的勝利，世界革命的總格局發生了深刻的變動。十月革命，使馬克思主義的勝利成爲現實，改變了整個世界歷史的方向，使世界革命開始進入新紀元。在十月革命前，中國的資產階級民主主義革命屬於舊的世界資產階級民主主義革命的範疇，而在此後，則屬於新的資產階級民主主義革命的範疇，而在革命陣線上說來，則屬於世界無產階級革命的一部分。

這，就是「五四」運動的政治經濟背景。正是因爲具備了上述政治經濟條件，所以「五四」運動具有異乎尋常的意義，它的深刻性，影響的深遠性，絕非其他運動所能比擬。也正因爲如此，它對於生逢其時的茅盾來說，影響也就特別的大。

「五四」時期，同時又是中國社會思想的大變動時期。事實上，早在「五四」前好幾年，這種大變動就已經拉開了序幕。

辛亥革命以後，民主共和的觀念逐漸地擴散開來。它自然會遭到一些人的反對。這時已淪爲文化復古派的康有爲，在 1913 年創辦的《不忍》雜誌上

撰文，抨擊民主共和思想，鼓吹「復古尊孔」運動。他認爲：「欲中國之不亡，必自至誠至敬，尊孔子爲教主始。」〔註9〕一時之間，復古派沉渣泛起。「孔教會」、「孔道會」、「尊孔會」等組織「揭孔子之徽幟，以結集團體者，紛起於國中」（梁啓超語）。康有爲的復古言論，客觀上成爲「帝制復辟」的興論準備。張勳復辟以後，梁啓超對其師康有爲「尊孔復古」的宣傳方式作了某些改進。他一方面宣傳孔子教義是「放諸四海而皆準，由之終身而不盡」的，孔子所提倡的「忠孝節義」等等道德標準，是「中外古今」都適用的。因此，他主張「今後社會教育之方針，必仍當以孔子教義爲中堅，然後能普及而有力」。另一方面，他又指出：孔子的哲學觀點和政治觀點，受當時條件的限制，不可能「一一適於今用」。因此，他主張以孔子教義來培養國民的「人格」，不必「摹仿教宗之儀式或附會名理，談論政制之單詞片語」。雖然梁啓超的論述有別於康有爲，但其尊孔基調與康如出一轍。

「五四」時期的社會思想大變動，首先表現在對孔教的猛烈衝擊上。《新青年》高高揚起了批判「孔子之道」的大旗。它告訴人們：所謂「孔子之道」，不過是中國封建時代統治者要求的反映，如果現代的中國還要恪守它，奉它爲「國粹」，那就一定會導致國家民族的衰亡。陳獨秀明確指出：

> 孔子生長在封建時代，所提倡之道德，封建時代之道德也；所垂示之禮教，即生活狀態，封建時代之禮教，封建時代之生活狀態也；所主張之政治，封建時代之政治也。封建時代之道德、禮教、生活、政治，其心營目注，其範圍不越少數君主貴族之權利與名譽，於多數國民之幸福無與焉。〔註10〕

他又在《敬告青年》中向人們敲響了警鐘：如果現代的中國人，對孔子之道還「不作改進之圖」，則是違背二十世紀的時代潮流，「驅吾民於二十世紀之世界外，納之奴隸牛馬黑暗溝中而已。」這樣，就不僅不可能「保守」固有道德，而且會使中華民族「不適環境之爭存、而退歸天然淘汰已耳，保守云乎哉」！〔註11〕因此，陳獨秀大聲疾呼：「吾寧忍過去國粹之消亡，而不忍現在及將來之民族，不適世界之爭存而歸消滅也。」〔註12〕

〔註9〕轉引自汪士漢：《五四運動簡史》第46頁，中國社會科學出版社1979年出版。
〔註10〕見《孔子之道與現代生活》，《新青年》第2卷第4號。
〔註11〕見《青年》雜誌第1卷第1號。
〔註12〕同上。

李大釗對孔子之道也進行了有力的抨擊：「又想起制定憲法。一面規定信仰自由，一面規定『以孔道爲修身大本』。信仰自由是新的，孔道修身是舊的。既重自由，何又迫人來尊孔？既要迫人尊孔，何謂信仰自由？」〔註13〕李大釗的矛頭直指當時的當政者。

魯迅則把以孔子之道爲代表的封建思想禁錮下的中國比作一間鐵屋子，把深受封建思想、封建禮教束縛的民眾比作昏睡而快要悶死者。他的小說，是先覺者的一種吶喊。《狂人日記》，「意在暴露家族制度和禮教的弊害」，〔註14〕是對陳獨秀、李大釗所發出的批判孔子之道的號召的一種呼應。

總之，在一段時間中，孔子之道成爲中國的先覺者們攻擊的主要目標；「打倒孔家店」，成爲「五四」思想啓蒙運動的一個重要的戰鬥口號。著有《偉大的道路》、爲朱德立傳的西方人史沫特萊在書中寫道：

> 爲一般人所稱的「新思潮」……在一九一六年和一九一七年、尤其是在俄國十月革命的思想開始傳入中國以後，勢力大有增長。它的口號是民主和近代科學。它主張向中國文化中的一切封建東西，包括儒教、舊「文理」（即生硬的古文），進行挑戰。在人類歷史上，很少像中國新文藝運動這樣，在極端混亂的政治情況中出現了知識和思想上的劇烈變化。〔註15〕

史沫特萊準確地把握住了「五四」新思潮的兩個側面：它的批判的側面——批判包括儒教和舊「文理」在內的一切封建的東西，以及它的力倡的側面——民主和近代科學。力倡民主和科學，完全是爲了向中國文化中傳統的封建思想開戰；爲了徹底否定根深蒂固的中國傳統的封建思想，就必須從西方尋找眞理，尋找思想武器。因爲在當時的條件下，中國本土還拿不出土生土長的然而又能戰勝綿延兩千年的封建思想的新思想。在這種情況下，向西方尋找眞理就成了歷史的必然。

對於那一段時間的社會思想狀況，茅盾曾經作過如下回憶：

> 大家的想法是：中國的封建主義是徹底要打倒了，替代的東西只有到外國找，「向西方國家尋找眞理」。所以，當時「拿來主義」

〔註13〕見《新的！舊的！》，《新青年》第 4 卷第 5 號。

〔註14〕見《〈中國新文學大系〉小說二集序》，《魯迅全集》第 6 卷，人民文學出版社 1981 年出版。

〔註15〕轉引自《五四運動回憶錄》第 33 頁，中國社會科學出版社 1979 年出版。

十分盛行。拿來的東西基本上分成兩大類：一類是民主主義的。一
類是社會主義的。〔註16〕

摧垮以孔子之道爲代表的封建思想體系，這構成了「五四」時期社會思
想大變動的另一個方面。這就形成了「五四」時期特有的大吐大納、西方思
潮紛至沓來的人文景觀。

在被作爲眞理介紹到中國來的西方的思潮學說中，有馬克思主義。在一
開始，馬克思主義是被作爲社會主義的一個學派介紹進來的。雖然如此，它
卻具有非同一般的吸引力。

早在 1902 年，梁啓超在《進化論革命者頡德之學說》中，第一次提到馬
克思和他的學說。他將尼采的超人主義與馬克思主義相提並論：「麥喀斯（筆
者注：指馬克思）氏謂今日社會之弊，在多數之弱者爲少數之強者所壓服；
尼志埃（筆者注：指尼采）謂今日社會之弊，在少數之優者爲多數劣者所鉗
制……其目的皆在現在，而未嘗有所謂未來者存也。」〔註17〕在梁啓超看來，
只有頡德的社會達爾文主義，才能解決人類社會未來的問題。梁啓超對馬克
思主義所作的介紹，是不準確的。

十月革命後，中國出現了以李大釗爲代表的一批具有初步共產主義思想
的知識分子。他們從俄國的十月革命看到了中國和世界的未來，開始了向中
國的民眾宣傳十月革命眞相和傳播馬克思主義眞理的工作。然而從事這樣一
項工作，可謂舉步維艱。李大釗在《再論問題與主義》中說：

> ……《新青年》和《每週評論》的同人，談俄國的布爾扎維主
> 義的議論很少。仲甫先生和先生（筆者注：指胡適）等的思想運動、
> 文學運動，據日本《日日新聞》的批評，且說是支那民主主義的正
> 統思想。一方要與舊式的頑迷思想奮戰，一方要防過俄國布爾扎維
> 主義的潮流。我可以自白，我是喜歡談談布爾扎維主義的。當那舉
> 世若狂慶祝協約國戰勝的時候，我就作了一篇《Bolshevism 的勝利》
> 的論文，登在《新青年》上。〔註18〕

李大釗還寫有《法俄革命之比較》等文。在這些文章中，李大釗對於十
月革命的勝利予以高度評價，要言不煩地介紹了馬克思主義的精神實質，預

〔註16〕茅盾：《我走過的道路》（上）第 133 頁，人民文學出版社 1981 年出版。
〔註17〕轉引自汪士漢：《五四運動簡史》第 84 頁，中國社會科學出版社 1979 年出版。
〔註18〕見《每週評論》第 35 號。

言了它的發展前景。他滿懷信心地指出：「我總覺得布爾扎維主義的流行，實在是世界文化上的一大變動。」〔註19〕李大釗是最早在中國熱情傳播馬克思主義的一位先行者。

1920年9月，陳獨秀發表了題為《談政治》的長篇論文，以後又發表了《社會主義批評》、《致無政府主義者區聲白的信》等文。陳獨秀在這些文章中根據自己的理解宣傳了馬克思主義。由於他當時的聲譽在李大釗之上，因此他在兩次論戰中的論著，被青年們譽為「研究馬克思學說的最好的入門書」。毛澤東後來回憶說：「在我的一生中，這一個時期，可以說陳獨秀對我的印象，是極其深刻的。」〔註20〕

「上海共產主義小組」成立後，對《新青年》進行了改組，使它成為自己的機關刊物。該刊開始自覺地、系統地登載宣傳馬克思主義和介紹蘇俄革命與建設的文章。1920年11月，上海黨組織又創辦了大型的秘密刊物，重點宣傳共產黨的有關知識，布爾什維克黨的建黨經驗以及列寧的有關學說。

為了全面、系統地傳播科學社會主義，1920年8月，「上海共產主義小組」出版了陳望道翻譯的《共產黨宣言》全文譯本。不久，恩格斯的《社會主義從空想到科學的發展》、列寧的《國家與革命》也相繼翻譯出版。這樣，科學社會主義的代表作，就在中國廣泛地流傳開來了。

在社會主義的信仰者日漸增多的情況下，資產階級改良派對「主義派」提出了抗議。這就發生了「問題與主義」之爭。經過一番激烈的論爭，馬克思主義得到了更廣泛的傳播。正如鄧中夏在他的遺著《中國職工運動簡史》中所概括的那樣：

> 經過一場激烈鬥爭後，結果，在形式上算是主義派取得了勝利。但社會主義信仰者在當時派別是很為分歧的：有無政府主義，有工團主義，基爾特社會主義和馬克思共產主義（布爾什維主義）。此外還有夾七夾八的什麼傅立葉的空想社會主義，托爾斯泰的無抵抗主義和日本武者小路實篤的新村主義等。因此「問題與主義」之爭以後，接著又是社會主義各派別的內訌。在此次混戰中，馬克思主義派在形式上曾將各派各個擊破，但無政府主義在中國有最老的資格

〔註19〕見《每週評論》第35號。
〔註20〕斯諾：《西行漫記》。轉引自《五四運動回憶錄》第13頁，中國社會科學出版社1979年出版。

和相當的深厚的基礎，特別是在廣東，於是就在廣東方面發生了馬克思主義和無政府主義之爭。結果，也算馬克思主義派取得了勝利。這思想上的鬥爭，對於當時的工人階級，自然沒有若何的直接的關係，但對於當時從事職工運動的知識分子確有很大的影響，也就經過後者以影響前者。〔註21〕

影響了從事工人運動的知識分子，也就等於影響了工人階級。馬克思主義派在兩次論戰中的勝利，使馬克思主義在工人階級中的傳播質量得到了極大的提高。

鄧中夏對當時思想界的狀況描述得相當準確。光是社會主義學說，當時所流行的就有許多種。就當時的整個思想而言，更是各種思潮、學說並存，百家爭鳴。在紛呈的思潮、學說中，無政府主義曾經擁有過很大的市場。

無政府主義是二十世紀初傳入中國的。從 1905 年開始，《東方雜誌》和《民報》先後刊登過一些評介無政府主義的文章，如《論俄國立憲之風潮與無政府黨主義》〔註22〕、《無政府主義與社會主義》〔註23〕和《巴枯寧傳》〔註24〕等。在中國早期的無政府主義者中，影響最大的是劉師復。1912 年，他在廣州組織了旨在「傳播無政府主義」的「晦鳴學舍」。1913 年，他創辦《晦鳴錄》以為「晦鳴學舍」的機關刊物。1914 年，他又在上海創建了「無政府共產主義同志社」。該社發表的《宣言書》稱：「主張滅除資本制度，改造共產社會，且不用政府統治」，以求「經濟上及政治上之絕對自由」。並且提出了對未來社會的構想：「無地主、無資本家、無首領、無官吏、無代表、無家長、無軍隊、無監獄、無警察、無裁判所、無法律、無宗教、無婚姻制度」。到那時，「社會上惟有自由，惟有互助之大義，惟有工作之幸樂」。〔註25〕劉師復對克魯泡特金的學說特別傾心。「無政府共產主義同志社」的《宣言書》，即是按克氏的無政府共產主義及其互助進化論的基調寫成的。劉師復曾經公開宣稱：「克氏學說，實不愧為吾黨之經典。」〔註26〕如此看來，早在「五四」之前，劉師復已經將無政府主

〔註21〕轉引自中國社會科學院近代史研究所編：《五四運動回憶錄》第 90 頁，中國社會科學出版社 1979 年出版。

〔註22〕見《東方雜誌》第 2 卷第 2 號。

〔註23〕見《民報》第 9 號。

〔註24〕見《民報》第 16 號。

〔註25〕見《致無政府黨萬國大會》，《師復文存》第 53～54 頁，合作出版社 1927 年出版。

〔註26〕劉師復：《克魯泡特金之為人及其言論》，《民聲》第 8 號。

義的種子撒到了中國的大地上了。「五四」前夕，無政府主義得到了時代的陽光雨露的滋潤，變得生機勃發。1919年1月，由相繼瓦解的民聲社等四個組織改組而成的無政府主義組織「進化社」成立，並出版《進化》月刊。該組織公開宣稱：「師復先生是我們的先覺，我們是師復先生的後覺。」〔註27〕它將克魯泡特金的學說奉為圭臬，明確宣布《進化》的任務是：「鼓吹無政府主義、工團主義及聯合主義（筆者注：即「互助論」），以倡導人群進化」。〔註28〕從1919年下半年到1920年，以宣傳無政府主義為宗旨（或側重於宣傳無政府主義）的刊物大量出現。據不完全統計，「五四」時期所出版的宣傳無政府主義的書刊，達七十餘種之多。而實際上，在「五四」時期的數百種刊物中，絕大多數也都不同程度地介紹和宣揚過無政府主義。《新青年》也不例外。1919年5月出版的《新青年》「馬克思主義研究專號」，刊登了《巴枯寧傳略》和黃凌霜的《馬克思學說批評》。這兩篇文章就宣傳了無政府主義思想。

　　無政府主義所形成的思想潮流，籠罩著當時的思想界。以探求社會進步的道路為己任的知識分子，很少有不受它的影響的。甚至具有初步共產主義思想的先進的知識分子也不可避免。李大釗在談到「少年中國」的理想時，把克魯泡特金的「互助進化論」放到了突出的位置上。他所憧憬的「少年中國」，其「精神方面改造的運動，就是本著人道主義的精神，宣傳『互助』『博愛』的道理，改造現代墮落的人心」。〔註29〕陳獨秀對無政府主義，也時常流露出好感。例如，他在那篇載於《新青年》的重要文章——《本誌宣言》〔註30〕中，就把無政府主義者所鼓吹的「相愛互助」的信條，當作了中國新社會的藍圖的重要底色。毛澤東也曾經稱讚過克魯泡特金一派的主張，較之馬克思一派，其「意思更廣、更深遠」。〔註31〕時代弄潮兒茅盾，其早期適逢社會思想大動蕩、大變化的「五四」時期。像當時憂國憂民的、具有初步共產主義覺悟的知識分子一樣，他不可避免地受到了無政府主義思想浪潮的衝擊。他對無政府主義者的著作作過缺乏批判的介紹，這自不待言。他對克魯泡特金的「互助進化說」曾給予高度評價，這就是茅盾受到過無政府主義

〔註27〕黃凌霜：《師復主義》，《進化》第1卷第3號。

〔註28〕同上。

〔註29〕李大釗：「少年中國」的「少年運動」，《李大釗選集》第236頁，人民出版社1959年出版。

〔註30〕見《新青年》第7卷第1號。

〔註31〕毛澤東：《民眾的大聯合》（一），《湘江評論》第2號。

影響的有力證據。毫無疑問，接受無政府主義的影響，這只是具有初步共產主義覺悟的知識分子在某一階段的某一思想側面。這些知識分子的可貴之處在於，總是能夠順應時代發展的需要，調整自己的思想，始終站在時代的前列。這是他們異乎尋常之處，也是他們的偉大之處。

在「五四」時期湧入中國的西方思潮中，還有一種不可忽視的思潮，那就是資產階級人道主義。在當時的中國，封建專制主義仍然居於統治地位。儘管經歷了 1911 年的辛亥革命和 1915 年開始的啓蒙運動，然而實際上，思想領域裡的反封建鬥爭，是在「五四」前夕和「五四」以後才蓬勃開展起來的。進行反封建的鬥爭，就是藉助於十八世紀西方啓蒙主義者們所主張的許多思想原則：民主，自由，平等，博愛，天賦人權，人道主義，等等。而這些思想原則的總概括就是民主——「德謨克拉西」。這是「五四」時期的「弄潮兒」們豎起的一面大旗。與西方相比，東方人對民主的呼喚似乎是晚了一些。但一旦請來了「德先生」，人們就表現出了足夠的熱情。1921 年，瞿秋白寫道：「雖經過了十年前的一次革命，成立了一個括弧內的『民國』，而德謨克拉西（Democratie）一個字到十年後再發現。西歐已成重新估定價值的問題，中國卻還很新鮮，人人樂道，津津有味。」〔註32〕從另一個角度講，上面所說的民主思想，又體現爲人道主義的原則。人道主義著眼於對個體的「人」的強調，著眼於對人際關係的調整。「德謨克拉西」體現了這種「強調」與「調整」的要求。因此可以說，「德謨克拉西」的實際內容是人道主義。1919 年，《新青年》在《本誌宣言》中運用辦刊者所認定的最理想的材料，勾畫了新社會的藍圖：「我們理想的新時代新社會，是誠實的，進步的，積極的，自由的，平等的，創造的，美的，善的，和平的，相愛互助的，勞動而愉快的，全社會幸福的。希望那虛僞的，保守的，消極的，束縛的，階級的，因襲的，醜的，惡的，戰爭的，軋轢不安的，懶惰而煩悶的，少數幸福的現象，漸漸減少，至於消滅。」〔註33〕這一新社會的圖式就帶有人道主義色彩。其主旋律就是自由、平等、博愛。時代弄潮兒們這樣構想未來社會，他們又是怎樣看待現實的人的呢？鄭振鐸在《新社會》《發刊詞》中這樣寫道：

> 有頭，有胸，有腹，有腳，……會穿衣，會吃飯，會住屋……

〔註32〕瞿秋白：《俄鄉紀程》，《瞿秋白文集》第 1 卷第 23、24 頁，人民文學出版社 1953 年出版。
〔註33〕見《新青年》第 7 卷第 1 號。

的行尸走肉，就算是個「人」麼？做專制的官吏，做財產私有的資本家，做知識階級的學閥，做醉生夢死的奴隸，做無職業的流氓，就算是「人」嗎？實在說一句：這些人都屈服在勢力強權經濟誘惑底下，做的那是機械的「人」，奴隸的「人」，……惟具有奮鬥精神，獨立精神，互助精神的「平民」，才算做「人」的「人」，才算是「人」，能夠做「人」。〔註34〕

在這裡，文章作者提出了「怎樣才算是人」、「怎樣能夠做人」的問題。他所思考的，也正是啓蒙主義思想家所常常思考的人道主義命題。這些命題圍繞「人」進行探索，改變了長期以來研究社會和文學者「目中無『人』」的狀況。這是「五四」時期個性解放的時代風尚使然的。陳獨秀在《敬告青年》一文中，這樣闡釋個性解放思想：「解放云者，脫離夫奴隸之羈絆，以完其自由之人格之謂也。我有手足，自謀溫飽；我有口舌，自陳好惡；我有心思，自崇所信；絕不認他人之越俎，亦不應主我而奴他人；蓋自認為獨立自主之人格以上，一切操行，一切權利，一切信仰，唯有聽命各自固有之智慧，斷無盲目從隸屬他人之理。」〔註35〕個性解放的要點在於：掙脫緊緊束縛人的封建思想的羈絆，完善自由發展的人格。這篇文章在後來的一段時間裡，刮起了一股個性解放的旋風。

當時文壇上另一個頗有影響的人物周作人，將人道主義融入了新文學，簡單明瞭地指出：「我們現在應該提倡的新文學，簡單的說一句是『人的文學』，應該排斥的，便是反對的非人的文學。」〔註36〕他又解釋道：「用這人道主義為本，對於人生諸問題，加以記錄研究的文字，便謂之人的文學」〔註37〕這也許是「五四」時期對於人道主義文學的最具代表性的表述。包括上述見解在內的周作人的《人的文學》一文發表以後，引起了強烈的反響。傅斯年表示「佩服到極點」。胡適後來稱《人的文學》為「當時關於改革文學內容方面的一篇最重要的宣言」。〔註38〕文學研究會，這一中國現

〔註34〕鄭振鐸：《發刊詞》，《新社會》第 1 號。

〔註35〕見《青年》雜誌第 1 卷第 1 號。

〔註36〕周作人：《人的文學》，載《中國新文學大系‧建設理論集》，上海文藝出版社 1980 年影印版，第 193 頁。

〔註37〕同上，第 196 頁。

〔註38〕胡適：《《中國新文學大系‧建設理論集》導言》，上海文藝出版社 1980 年印影出版。

代文學史上重要的文學團體，其「爲人生」的創作主張和創作實踐，分明體現出「人的文學」的思想光彩。茅盾甚至將「人的文學——眞的文學」（這種文學表現屬於民眾的和全人類的情感，而不是作者個人的情感）規定爲「世界語言文字未能劃一以前的一國文字的文學」。〔註39〕

　　「五四」時期，在創作中體現了人道主義思想傾向的主要作家有魯迅、冰心、周作人、王統照等。魯迅在《狂人日記》中，通過對封建禮教以至整個封建制度「吃人」本質的揭示，控訴了其壓迫人、摧殘人、毀滅人的罪孽。小說末尾發出的「救救孩子」的呼喚，又何嘗不是人道主義的呼喚呢？冰心是一位「愛」的歌者。這種愛包括母親的愛（母愛），對自然的愛，兒童對世界的純眞的愛。而所有這一切愛，都可以從母愛中獲得源源不斷的力量。這種「愛」的哲學，貫穿於從《超人》開始的一系列作品中。同期的王統照也是一位「愛」的歌者。總之，這一時期，由於眾多作家的參與，人道主義成爲文學創作中的主潮。

　　在紛至沓來的西方思潮中，再一種對中國思想界和文學界發生重大影響的思潮是進化論。英國科學家達爾文最早發現了生物的進化規律。這種規律的基本內容就是：物競天擇，優勝劣汰。競，即競爭，也就是生物之間圍繞生存而進行的競爭；擇，即選擇，也就是生物的生存環境對生物所作的選擇。選擇的結果是適者生存，不適者遭淘汰。物競天擇促使生物由低級向高級發展。十九世紀末，英國哲學家斯賓塞運用達爾文的生物進化論來解釋社會現象。他認爲，人類社會和生物有機體之間有許多相似之處。社會與其成員之間的關係有如生物個體與細胞之間的關係。他不僅把同質性走向異質性的進化論原理應用於社會，把生物學中的變異、自然選擇、遺傳等概念引進社會學，而且用生存競爭來解釋人類的社會關係。他認爲，人與人之間的關係也是「強存弱汰」。爲了使個人有機體與社會有機體保持均衡，一方面要盡可能擴大個人自由，包括生存競爭的自然；另一方面應限制國家的職能範圍，規定國家與法律的任務僅僅是保護個人自由。社會達爾文主義完全混淆了社會發展與生物進化之間的區別。「五四」前和「五四」時在中國傳播的進化論，既包括生物進化論，又包括社會進化論，甚至還有「泛進化論」（在這種情況下說的進化，只是發展變化的另一種說法）。人們用進化論思想解釋文學發

〔註39〕雁冰：《文學和人的關係及中國古來對於文學者身份的誤認》，《小說月報》第12卷第1號。

展，解釋社會的發展，甚至解釋一切事物的發展。他們在論及進化論時，有時取的是生物進化論或社會進化論的原意，有時則是取的「進化」的寬泛意義。

應當說，進化論學說早在「五四」前已經傳入中國。然而「五四」時期的具有民主主義思想的知識分子，卻完全是有意識地借用進化論來張揚自己的民主主張。在這一點上，「五四」時期較之「五四」之前傳播進化論思想，情況是不一樣的。《新青年》堅決擁護民主共和政體，反對復古派對共和制度的誣蔑，其依據就是進化論學說。他們理直氣壯地宣稱：

> 古今萬國，政體不齊，治亂各別。其撥亂爲治者，固不捨舊謀新，由專制政治，趨於自由政治；由個人政治，趨於國民政治；由官僚政治，趨於自治政治。此所謂立憲制之潮流，此所謂世界系之軌道也。吾國既不克閉關自守，即萬無越此軌道逆此潮流之理。進化公例，適者生存，凡不能應四周情況之需求而自發於適宜之境者，當然不免於滅亡。〔註40〕

這段文字，所依據的就是社會進化論的理論。它所強調的是「適者生存」這樣的「進化公例」，是適者或是不適者所接受的環境的選擇。我們在茅盾的《一九一八年之學生》這篇政治論文中，可以見到與上述文字大體相同的表述。〔註41〕

我們知道，「五四」新文化運動的發難者們高高舉起了民主與科學兩面大旗。進化論是被作爲科學的學說引進的，同時，它又服務於爭取民主的目的。可以說，它同其他進步思潮、學說一樣，是用以支撐民主與科學兩面大旗的重要思想材料。從總體上說，它有利於實現新文化運動的總目標，有著不可低估的進步意義。即使是社會達爾文主義，在中國當時的特定條件下，對於衝擊封建制度和封建思想體系，也有著異乎尋常的作用。正因爲進化論思想與「五四」新文化運動的總體目標相一致，所以，當時的時代弄潮兒紛紛接過它去，並將它作爲一種強有力的思想武器。從這個意義上說，「五四」時期的進步知識分子，往往都信奉進化論，只是程度不同罷了。而魯迅和茅盾，則是其中程度較甚的信奉者，如此而已。

至此，我們分述了「五四」時代浪潮的各個側面。在分述的基礎上，我

〔註40〕見《吾人最後之覺悟》，《青年》雜誌第 1 卷第 6 號。
〔註41〕見《學生雜誌》第 5 卷第 1 號。

們有必要對「五四」時代浪潮的特點作出總的概括。其一，它在反帝和反封建兩個方面都體現了徹底性和不妥協性。其二，思想文化的變革，成為當時的持續很長一段時間的一個熱點問題。思想文化的全方位的革故鼎新，為「五四」運動奠定了思想基礎，成為反帝、反封建鬥爭的先導。我們甚至可以說，「五四」運動就是由於它展開的思想文化的變革哺育起來的。這種思想文化的變革，還同時哺育了「五四」精神，對以後的中國社會的發展進程發生了極其深刻的影響。其三，「五四」時代浪潮是匯集了政治、經濟、思想文化等各種因素以後形成的，可謂集西方各種思潮、學說、流派之大成。它體現了一種博大的胸懷，一種開放的精神。這種博大的胸懷和開放的精神，是前所未有的。

「五四」時代浪潮，直接地影響了整整一代人。茅盾就是這一代人中的一分子。

而茅盾又並不是普普通通的一份子。他是「五四」時代浪潮中的一名弄潮兒。他比當時的普通人作出更多的有利於文學、文化以至社會進步業績。

下面，我們再來看一看茅盾早期所經歷的另一次大的革命浪潮——「五卅」運動。早在「五四」運動中，在當年的「六三」，中國工人階級就以自身獨立的階級力量投入了鬥爭，推動了鬥爭的深入發展。這是中國工人階級第一次在政治舞臺上亮相。「五卅」運動是中國工人階級繼「六三」鬥爭和「二七」大罷工以後，又一次以自為的階級的身份發起的鬥爭。它是中國共產黨領導下的反對帝國主義的自覺的革命運動。1925 年 1 月，中國共產黨召開了第四次全國代表大會。此後，工人運動蓬勃發展。同年 5 月 15 日，上海日本紗廠資本家搶殺了工人顧正紅。這一流血事件成為「五卅」運動的導火線。5 月 28 日，中共中央決定將工人的經濟鬥爭同反對帝國主義的政治鬥爭結合起來。30 日，上海學生兩千餘人在租界內宣傳聲援工人鬥爭，號召收回租界。英國巡捕逮捕了演講的學生一百多人。隨後又開槍屠殺示威反抗者，造成了震驚中外的「五卅」運動。之後，在上海總工會的領導下，形成了罷工、罷課、罷市的高潮。

茅盾在經歷了 1923、1924 兩年的「文學與政治的交錯」狀況以後，對社會政治鬥爭依然保持著高度的熱情。他十分關注「五卅」前上海工人所舉行的罷工鬥爭。他的夫人孔德沚曾深入紡織工人之中，幫助辦女工夜校和識字班，同時宣傳革命的道理。「五卅」運動爆發以後，茅盾及其夫人，更是全身

心地投入其中。5 月 30 日這一天，茅盾夫婦與上海大學的學生宣傳隊一起上街。第二天，他們又按黨組織的指示，冒著生命危險聚集於南京路，參加示威遊行活動。在整個「五卅」運動中，茅盾並不是一個冷漠的旁觀者，而是一位積極的參加者。他與革命運動共進退。在「五卅」以後，遵照黨的指示，茅盾又和徐梅坤等人一起，發動、領導了商務印書館工人的大罷工。在這一階段的工人鬥爭中，茅盾不僅僅是一般的參加者，而且是鬥爭的組織者和領導者。在如火如荼的群眾性的反帝鬥爭中，茅盾為工人階級和廣大人民群眾的愛國熱忱和鬥爭精神所鼓舞。他的心和人民群眾貼得更近了。與人民群眾的並肩戰鬥，使他看到了人民的偉大力量；使他對馬克思主義，從單純的理論接觸發展到從理論與實踐的結合上加以把握。在這一段時間裡，茅盾由具有進步思想的文化人，變成了叱吒風雲的革命家。誠如他自己事後回憶的那樣：「在風雲突變的一九二五年，我把主要的時間和精力投入了政治鬥爭，文學活動只能抽空做了。」﹝註42﹞而尤為重要的是，「五卅」運動中群眾流淌的鮮血，對茅盾來說是極為深刻的實際教育。嚴酷的事實告訴他：帝國主義對中國人民一點人道主義也不講。什麼愛，什麼憐憫，什麼互助，全然不存在。「五卅」運動中帝國主義者射出的子射，就是最好的說明。因此可以說，劊子手們無情地打破了茅盾早期的人道主義夢幻。茅盾變得更加現實。嚴酷的事實還告訴他：社會的發展不是靠和平的進化實現的。社會上存在著利益不同的對抗階級，對抗階級之間存在著尖銳的鬥爭。至此，茅盾早期人道主義和進化論的思路被徹底地轟毀了。政治上的覺悟帶動了文藝觀的蛻變。茅盾回身反視自己以往的文藝思想，因而產生了要清理一番的慾望。於是就有了《論無產階級藝術》。因此，該文誕生於 1925 年這個重要的年份，實在有其必然性。

三

時代弄潮兒茅盾早期的業績。三個方向上的探索和建樹。不懈地探索社會。由進化論和人道主義走向社會革命論和階級論。不懈地探索人生。在為民眾的奮鬥中尋求自身的價值。不懈地探索文學。順應社會進步和時代進步的需要，將文學觀由「為人生」轉到為無產階級。以文學為工具，服務於反封建的鬥爭。探尋了文

﹝註42﹞茅盾：《我走過的道路》（上）第 285 頁，人民文學出版社 1981 年出版。

學自身的藝術規律。促成了中西文化的交融。茅盾在新文學的最
初十年中立下了赫赫戰功。

茅盾早期，適逢「五四」新文化運動的醞釀、發展、高潮和高潮後的退
潮時期。他參與了「五四」新文化運動的全過程。當然，他並不是發難者，
也不是核心人物。但他在自己所處的位置上，進行了不懈的探索，作出了相
當的努力，在諸多問題上都有精深的見解，頗多建樹。茅盾的探索和建樹，
集中在三個方面。

第一，茅盾不懈地探索社會。他由進化論和人道主義走向馬克思主義階
級論和社會革命論。

茅盾早期思想的起點，大致是進化論和西方的人道主義。茅盾自己也曾
說過：那時候（筆者注：指 1918 年發表《一九一八年之學生》的時候）我主
張的新思想只是『個性之解放』、『人格之獨立』等等資產階級民主主義的東
西，還不是馬克思主義，因爲那時『十月革命』的炮聲剛剛響過，馬克思主
義還沒有傳播到中國。」〔註43〕《一九一八年之學生》，是茅盾受命爲《學生
雜誌》撰寫的一篇社論。在文中，茅盾運用社會進化觀觀察二十世紀之社會，
向人們透露了進化論思想的最初端倪。他要求青年學生「尤須有自主心，以
造成高尚之人格」，並提出了「革命思想」、「創造文明」、「奮鬥主義」三點希
望。上述要求和希望都屬於資產階級民主主義的範疇。

不久，茅盾接觸了馬克思主義，並且參加了中國共產黨。這以後，茅盾
對社會的探索，循著三條線索進行。

一條是馬克思主義的線索。茅盾學習了在當時情況下他所能接觸到的馬
克思主義的理論著作，加入了黨的組織，參與了黨領導的群眾革命鬥爭，逐
漸確信了馬克思的社會主義，找到了自己的歸宿。用逐漸確立起來的馬克思
主義觀點觀察社會，他看到了無產階級的力量：「歷史上推翻專制君主的革
命，沒有一國沒有一次不全靠了第四階級的幫忙」；〔註44〕他認清了在 1921
年前後曾經紅火過一陣子的「自治運動」的實質和前景：藉人民自治的頭銜，
實行縉紳運動，縉紳運動必不能成功；他滿腔熱情地呼喚：立刻舉行無產階
級的革命，使「一切生產工具都歸生產勞工所有，一切權力都歸勞工們執掌，

〔註43〕茅盾：《我走過的道路》（上）第 128 頁，人民文學出版社 1981 年出版。
〔註44〕Ｐ・生：《自治運動與社會革命》，《共產黨》第 3 號（1921 年 4 月 7 日）。

直到滅盡一分一毫的掠奪制度，資本主義絕不能復活爲止。」〔註45〕他表達了必勝的信念：「勞工階級（無產階級）的人數是一天多似一天，資產階級的人數是一天少似一天，——馬克思預言的斷定，現在一一應驗了——最終的勝利一定在勞工者，而且這勝利即在最近的將來，只要我們現在充分預備著！」〔註46〕茅盾對無產階級革命進程中可能遇到的艱難險阻缺乏充分的思想準備，他把問題想得太簡單了。這是他的不足。除了這一點以外，他對馬克思主義的理解，對社會發展前景的預測，對無產階級革命的歷史使命的表述，都是頗爲準確的。這就體現出他的思想在 1921 年的時候所達到的高度。

茅盾在黨內外做了大量工作，特別是他組織和領導了商務印書館內部的工人運動和罷工鬥爭。這些，促使他將馬克思主義由理性認識轉化爲具體實踐。「五卅」運動期間，他積極投身於聲勢浩大的反帝愛國運動，經受了嚴峻鬥爭的考驗。急風暴雨式的鬥爭和血與火的洗禮，使茅盾丟掉了對帝國主義和國內反動派的不切實際的幻想，認識到前進道路的曲折，從而糾正了原先的幼稚想法。他對馬克思主義的信仰變得更加堅定。正因爲如此，當 1926 年 1 月茅盾發表《蘇俄「十月革命」紀念日》一文的時候，他會以熾烈的感情，高度評價十月革命對於俄羅斯和對於全世界的重大意義，希冀在中國造成我們自己的「十月革命」。當時正值國共第一次合作時期。文章中的許多提法，帶有國共合作時期的特有色彩。即使如此，文中仍然閃耀著馬克思主義的熠熠光華。應當指出，茅盾在沿著這一條線索前進的時候，並不是一帆風順的。然而，不管出現過怎樣的曲折，他的思想從總體上說是向上的。

另一條是人道主義思想的線索。這條線索大致始於 1918 年，是在茅盾「從魏晉小品、齊梁辭賦的夢遊世界伸出頭來」打量了西方世界以後的事情。他主要是從西方的文學作品中汲取了人道主義精神，然後以人道主義的眼光來看取社會，看取人際關係和個人，要求人格獨立，人與人平等，民族與民族平等。他一度要求人與人之間通過掬誠相見而消除隔膜。1920、1921 年間，是他倡導人道主義最力的一段時間。他宣稱信仰馬克思的社會主義以後的幾年，嚴格意義上的資產階級人道主義思想並沒有立即從他的頭腦中退出。甚至在專談無產階級藝術問題的重要論文中，我們也還仍然可以多少感覺到資產階級人道主義的餘韻。

〔註45〕Ｐ・生：《自治運動與社會革命》，《共產黨》第 3 號（1921 年 4 月 7 日）。
〔註46〕同上。

　　再一條是進化論思想的線索。早期茅盾用進化論思想觀察思考宇宙、社會和一切人事。他在用進化論探索人類社會的時候，既不贊同完全照搬達爾文的生物進化論，又不讚同尼采的體現了超人思想的進化論。他信奉的是克魯泡特金的「互助進化論」。他希冀通過人與人之間的互助而達到人類的進化、社會的進化。這一「互助進化論」，將茅盾早期的人道主義與進化論相貫通。茅盾早期進化論思想的鼎盛期，約在 1918 年至 1922 年間。此後，進化論漸漸談得少了。但我們在《論無產階級藝術》中仍可感覺到進化論思想的殘餘。

　　早期茅盾在探索社會的過程中所形成的三條思想線索，時而平行，時而交叉。不管平行還是交叉，都免不了要產生矛盾。茅盾的早期思想，是在矛盾運動中向前發展的。矛盾運動的結果，是人道主義和進化論思想漸降漸消，馬克思主義漸升漸長。

　　作爲探索社會的一個重要方面，茅盾早期深入地研究了婦女問題。這是一個特殊的社會問題。社會改造的宏偉工程，與婦女問題密切相關。早期茅盾深感婦女問題之重要，對此十分關注。他是爭取女權的積極倡導者。

　　在婦女問題上，他的思想發展經歷了三個階段。第一階段，大致是「五四」前後，茅盾從社會進化的思想出發觀察婦女問題。他指出，婦女解放的目的，「爲的是從社會進化著想」，「惟其我們是拿社會進化做根本觀念」，所以「欲設法抬高女子的人格與獨立，使和男子一樣」。〔註47〕他提出了男女人格平等、戀愛自由、婚姻自主、社交公開、男女同校、職業開女禁、婦女經濟獨立等等主張。他的這些主張，在當時的條件下，具有打破封建禮教對婦女的禁錮和束縛、爲廣大婦女爭取正當權益的意義。但他這時的婦女觀並不是馬克思主義的，而應當劃歸資產階級民主主義的範疇。

　　第二階段，關於婦女問題的研究的理論水準有所提高。隨著學習馬克思主義的趨於深入，茅盾逐漸認識到婦女問題的根源是人剝削人、人壓迫人的制度。要使婦女獲得解放，必須推翻不合理的社會制度。基於這樣一種思想認識，他反對用西方資產階級女權運動的那一套做法來解決中國的婦女問題。茅盾對所謂「婦女參政」的主張的否定，表明了他的馬克思主義理論水準有所提高。

　　第三個階段，大約始於 1923 年 9 月，在這一階段上，茅盾力圖將他所理

───────────────

〔註47〕佩韋：《婦女解放問題的建設方面》，《婦女雜誌》第 6 卷第 1 號。

解的婦女解放理論與婦女運動的實踐緊密結合起來。其時，黨中央要求將婦女運動與勞工運動、學生運動、農民運動一起，歸入國民運動這一總目標。茅盾因對婦女問題素有研究，對婦女問題現狀頗爲瞭解，經中共上海地方兼區執委會改組的國民委員會研究決定，他被推舉分管婦女運動方面的工作。這就爲他將婦女運動理論與婦女運動實踐相結合提供了契機。這種結合，又反過來促使他投入對婦女問題的潛心研究，並且成全了他，爲他後來走上創作的道路，成功地塑造各種婦女形象奠定了堅實的生活基礎。這恐怕是他本人始料不及的。

第二，茅盾不懈地探索人生，在爲爭取社會的文明進步而進行的鬥爭中尋求自身的價值。

早期茅盾踏上社會之初，就將自己的人生與爲爭取社會的文明進步而進行的鬥爭緊緊地聯繫在一起。他一生中的第一篇政治論文名爲《學生與社會》，談的是治學、學業，著眼點卻在學生與社會的聯繫上，在學生對社會所負的責任上。我以爲，這篇文章既是入世未深的茅盾的勉人之作，又是其自勉之作。以後寫的《一九一八年之學生》，我們不妨將它看作是早期茅盾對實現人生價值問題所作的全面思考。三點希望，實際也就是實現人生價值的三條途徑。人生要有價值，首先必須革新思想。「力排有生以來所薰染於腦海中之舊習慣，舊思想」。〔註48〕只有把舊的東西掃除得乾乾淨淨，新的東西才會不改變顏色和性質。「譬如染色，五彩必施於素帛，而後得鮮明」。〔註49〕反之，舊質未易，不僅新文化、新思想會「失其效力」，而且還會被「舊質而同化」。所以革新思想乃頭等大事。如果一味沿襲陳舊的思想，人生絕不可能實現正面的價值。人生的價值，在於創造文明。茅盾反對「摹擬」，提倡「創造」。〔註50〕創造文明，是社會發展的需要，也是人類發展的自身需要。在茅盾看來，如果青年學生所做的事情與創造文明背道而馳，或僅僅滿足於摹擬，那就無人生價值可言。社會的文明進步，個人的革新思想，都要通過奮鬥主義才能達到。茅盾強調：「以一生之行事，編立一定之計劃，而節節實現之也」。〔註51〕這樣一步一腳印地奮鬥，才能取得顯著的成效，堅持奮鬥主義，「黎硬

〔註48〕雁冰：《一九一八年之學生》，《學生雜誌》第5卷第1號。
〔註49〕同上。
〔註50〕同上。
〔註51〕同上。

寨打死仗，從苦戰得以樂，乃爲眞樂。人生之天職，即爲奮鬥。無奮鬥力者，百無成就」。〔註52〕綜觀茅盾的整個早期，他始終是堅持革新、創造和奮鬥的，他的人生價值就是在堅持革新、創造、奮鬥的過程中實現的。

同許多年輕人一樣，茅盾在對人生的問題進行探索的時候，也時常談論「幸福」這一話題。1918 年，茅盾曾以「雁冰」的筆名，寫過一個警世新劇，劇名爲《求幸福》。〔註53〕該劇體現了一個時期中茅盾對幸福問題的思考成果。劇中人有：「老年」、「經驗」、「財」、「聲色」、「邪心」、「死」、「眞理」和「幸福」。劇本寫的是失去了「幸福」的「老年」尋求「幸福」的故事。「老年」初進世界想掙家私時離「幸福」而去。「經驗」告訴「老年」：先找到了「眞理」，靠著他的指引，就可以找到「幸福」。橫插一杠子的「財」卻決意要把「老年」帶到「聲色」那裡去尋找「幸福」的影蹤。「邪心」也聲稱自己可以幫助「老年」找到「幸福」。這時『死』適進。請聽他的道白：

> 「老年」，我這一次來，不是叫你去，我是來警戒你的。「邪心」是決定不能引你到「幸福」的所在的。你快離開「邪心」。跟了「經驗」，他能夠引你見「眞理」。「眞理」那裡才有「幸福」的消息呢。你跟了「邪心」一天，那就叫我早來一天。趁現在還不太遲，記好了這一次警告。

差一點馬失前蹄的「老年」猛然醒悟，最後決心仗著「眞理」的力量，去尋找「幸福」。這或許是茅盾發表的第一篇文學作品。然而劇作幾乎無文學色彩可言，其中充斥著說教和訓誡。茅盾通過將抽象的概念和意念作擬人化處理的方法，明白無誤地警告世人：「幸福」與「眞理」相聯繫，「幸福」與「聲色」、「邪心」無緣。在如何尋求幸福的問題上，茅盾體現出一種極爲樸素的認識，或許並沒有達到應有的理論高度，然而卻傳遞了一種正直者的人格力量。劇本《求幸福》從文學上看幾乎一無可取，但它的道德意義、人生觀意義卻遠遠超過它作爲劇本的文本意義。不管怎麼說，茅盾當時對「幸福」的理解還是很空泛、很膚淺的。那個始終未出場的「幸福」究竟是個什麼樣子，他自己也說不清楚。

稍後，茅盾把人生的目標定到了爲人類謀幸福這一高度上。那是 1919 年的事。他在一篇題爲《我們爲什麼讀書》的文章中，就得出過如下結論：「我

〔註52〕雁冰：《一九一八年之學生》，《學生雜誌》第 5 卷第 1 號。
〔註53〕見《學生雜誌》第 5 卷第 11 號。

們讀書是欲求學問，求學問是欲盡『人』的責分去謀人類的共同幸福。那些讀書爲做官，爲掙錢，爲漂亮，做個上流人，爲（末世之名）這許多瞎話，多不欲去聽他！」〔註54〕與其說這段話表達的是茅盾早期的「讀書目的觀」，不如說是袒露了他的人生觀。讀書（以至人生）目的何在？在於爲人類謀幸福。雖然茅盾所說的「爲人類謀幸福」的具體內涵並不十分明確，但無可否認，他的人生目標是崇高的，他的胸懷是博大的。

茅盾早期，在不懈地探索人生的過程中，始終堅持面對現實這樣一種人生態度。他曾經引用巴比塞的話說：「和現實人生脫離關係的懸空的文學，現在已經成爲死的東西；現代的活文學一定是附著於現實人生的，以促進眼前的人生爲目的的。」〔註55〕這段話意在強調文學與人生的關係。但除此而外，我還讀出了另一層含義：人生總是現實的人生。面對現實，這正是茅盾早期所取的人生態度。他反對以不切實際的態度對待人生：「不要閉了眼睛冥想」「夢中的七寶樓台，而忘記了自身實在是住在豬圈裡」。〔註56〕茅盾總是要求人們看清自己的現實處境，積極投身於變革現實的鬥爭，從眼前做起。在文學界出現「復古」的反動運動的時候，茅盾要求人們：「萬不能竟把這副擔子（筆者注：指反對反動運動的擔子）交給時代先生，自己做個旁觀者，我們要站在凶惡的反動潮流前面，盡力抵抗。」其奮鬥精神躍然紙上。

茅盾在探索人生、實現其人生價值的過程中，始終保持了向上的勢頭。當然，這並不是說在他的靈魂深處，就從來沒有過思想曲折。事實上，再崇高偉大的人物也難免會有思想曲折。這裡有一個材料很能說明問題。正當茅盾身負改革《小說月報》的重任，從事這項偉業的時候，他內心也曾經產生過某種雜念。他在給友人的信中吐露了自己的心曲：

> 《小說月報》出了八期，一點好影響沒有，卻引起了特別的意外的反動，發生許多對於個人的無謂的攻擊……我是自私心極重的，本來今年攬了這勞什子，沒有充分時間念書，難過得很，又加上這些烏子夾搭的事，對於現在手頭的事件覺得很無意味了。我這裡已提出辭職，到年底爲止，明年不管。〔註57〕

〔註54〕載《新鄉人》第 2 期（1919 年 9 月 1 日），署名雁冰。
〔註55〕雁冰：《「大轉變時期」何時來呢？》，《文學》周報第 103 期（1923 年 12 月 31 日）。
〔註56〕同上。
〔註57〕轉引自《茅盾書信集》第 23 頁，文化藝術出版社 1988 年出版。

稍後，他在給友人的信中又寫道：

> 關於《小說月報》編輯一事，自向總編輯部辭職後，夢旦先生
> 和我談過，他對於改革很有決心，對於新很信，所以我也決意再來
> 試一年。〔註58〕

以上兩段文字合起來，使我們窺見了茅盾在改革《小說月報》過程中的心靈活動。無謂的攻擊，使他煩悶、懊惱、悔恨。他分明有一種孤獨感。「無意味」的感覺與懊喪的心情密切相關。心境不佳，因而感到無意味；由於感到無意味，因而心境更是好不起來。心境與感覺之間形成了因果關係。而心境的「劣」與感覺的「乏」，又都共同聯繫著一個更深層次的原因：對改革可能遇到的阻力思想準備不足；進一步推行改革，腰杆子感到不硬。正因爲如此，他會在遭受無謂的攻擊以後要求辭去職務。也正因爲如此，他會在夢旦先生談過話，表示對改革很有決心以後，就暫時打消了辭職的念頭。茅盾的上述兩段很少爲人所引用的文字，讓我們看到了他當時眞實的內心世界。同時也說明：茅盾人生的探索，並不是一帆風順的。

第三，茅盾不懈地探索文學。在三個方面（社會、人生、文學）的探索中，茅盾在文學方面投入了更多的精力，也取得了更大的成就。早期十年在文學上所作的探索，是茅盾最終成爲文學巨匠的奠基階段。以至於評價茅盾一生的文學成就，不能不提到他文學生涯的最初十年。

應當指出，茅盾對文學的不懈探索，是與對社會、人生的不懈探索密切地聯繫在一起的。對社會、對人生的探索，影響和制約著茅盾同期對文學的探索。對社會、對人生探索的正面成果，往往滲透、融化到對文學的探索之中，使對文學的探索在某些方面達到更深的層次；而對社會、人生的探索中所出現的某些失誤，有時也會在茅盾對文學的探索中得到直接的抑或間接的表現。因此本書在對茅盾早期的文學觀進行探索的時候，總是要聯繫到一些必須聯繫的非文學的因素。

那末，茅盾早期在文學方面進行了哪些卓有成效的探索呢？創造了哪些不朽的業績呢？

首先，茅盾順應社會進步和時代發展的需要，高揚了文學爲人生的大旗，後來，又實現了由「爲人生」到爲無產階級的轉變。

茅盾早期的前半段，熱衷於倡導爲人生的文學，早期中的最後兩年，轉

〔註58〕轉引自《茅盾書信集》第23頁，文化藝術出版社1988年出版。

而倡導爲無產階級的文學。

倡導爲人生的文學，是對舊文學的反動。早期茅盾認爲：「我國古來的文學者只曉得有古哲聖賢的遺訓，不曉得有人類的共同情感；只曉得有主觀，不曉得有客觀；所以他們的文學是和人類隔絕的，是和時代隔絕的，不知有人類，不知有時代。」〔註59〕這種文學，要麼是有爲而作，要麼是無爲而作。所謂有爲而作，是指替古哲聖賢宣傳大道，替聖君賢相歌功頌德。所謂無爲而作，是指將文學只當作消遣品，得志的時候拿文學來助興來娛樂，失意的時候藉文學來發牢騷。這樣的文學是和積極的進取的人生相隔絕的。茅盾對舊文學深惡痛絕。在他看來，用文學來載封建之道固然是不能容許的，用文學來作爲高興時的遊戲或失意時的消遣也是不能允許的。他要求：「文學的目的是綜合地表現人生。」〔註60〕茅盾所倡導的爲人生的文學是這樣的文學：「下一個字是爲人類呼籲的，不是供貴族階級賞玩的；是『血』和『淚』寫成的，不是『濃情』和『艷意』做成的；是人類中少不得的文章，不是茶餘酒後的消遣的東西！」〔註61〕這種文學有下列基本屬性：與平民的人生緊密相聯；有著由眞生活激發出來的眞情感；在人類生活中，不是可有可無的，而是不可或缺的。爲人生的文學體現了新文學所必須具備的品格。它肯定了文學與社會、與人生的血肉聯繫，肯定了平民的人生在文學中的地位。相對於封建舊文學來講，它具有革命的意義，具有震聾發聵的作用。

文學爲人生，在這一方面，茅盾既有理論上的倡導，又有實踐上的推行。推行的實際步驟之一就是革新《小說月報》。革新後的《小說月報》，是培植爲人生的文學的園地，也是批判封建舊文學的陣地。不僅發表了張揚爲人生的文學的大量評論和理論文章，而且刊載了不少域外的和國內的將爲人生作爲宗旨的文學作品。這些文學作品，或是有聲有色或是無聲無息地影響著人們的心靈，掀起了一股文學爲人生的浪潮。而在這一過程中，《小說月報》起到了聚集力量、培養新軍的作用。主張文學爲人生的諸多重要作家，都得到過《小說月報》的扶植和滋養，都是在這塊沃在上成長起來的。恐怕沒有什麼能比隊伍的建設更重要的了。因此，革新《小說月報》的意義，已經遠遠

〔註59〕雁冰：《文學和人的關係及中國古來對於文學者身份的誤認》，《小說月報》第
　　　　12卷第1號。
〔註60〕同上。
〔註61〕佩韋：《現在文學家的責任是什麼？》，《東方雜誌》第17卷第1號。

超出了事件的本身。將這一事件放到新文學的發展史中考察，我們看到的是其不可低估的價值，而對立面對革新的反對態度，不難反證革新後的《小說月報》和《小說月報》所堅持的文學爲人生的口號所發揮的重要作用。

與倡導爲人生的文學相聯繫的，是茅盾始終不渝地堅持了現實主義精神。茅盾與魯迅一樣，是清醒的現實主義者。魯迅的作品敢於直面慘淡的人生。而茅盾則是魯迅作品的最早的知音之一。兩位巨人在現實主義精神方面是完全相通的。正是由於對現實的關注，出於對脫離人生、脫離現實的文學的不滿，茅盾早期曾經滿懷熱情地提倡寫實主義、自然主義。儘管提倡的過程中留有泰納、左拉的較多影響，但茅盾藉助這種提倡，弘揚了現實主義的精神，從而造成了對封建文學的極大的衝擊力。這一點，是值得大書特書的。

茅盾早期，沒有停留於文學爲人生的觀念。隨著社會和時代的進步，他調整和更新了自己的文學觀念。階級意識的增強，使他不滿足於對人生作籠統的解釋。茅盾在賦予文學社會功利屬性的過程中，逐漸注入了階級意識的成分。從文學爲人生，到文學爲無產階級，這是早期茅盾文學思想的必然趨向和歸宿。

其次，早期茅盾利用他所佔有的有利條件，廣泛地介紹了西方文學以至西方文化，努力促成了東西方文化的交融。

早期茅盾充當翻譯、介紹西方文學作品的重要角色，他是佔有這方面的有利條件的。他手中掌握有《小說月報》這樣一個重要刊物。由茅盾和其他同仁寫就的評價西方文學、西方文化的文字，得以通過《小說月報》而同讀者見面並產生相應影響。早期茅盾又有商務印書館作爲依託。他處在這樣一個環境中：與知識界有著廣泛的聯繫，又能從商務獲得豐富的資料。這使他視野開闊而又耳聰目明。早期茅盾又有著良好的英語基礎，他可以直接閱讀外文原版作品，並廣泛地攝取多方面的信息。但是，對於茅盾來說，一個更爲重要的因素是來自他自身的。那就是：他具有介紹和借鑒外國文學、外國文化的自覺意識。他曾開誠布公地說過：「介紹西洋文學的目的，一半固是欲介紹他們的文學藝術來，一半也爲的是欲介紹世界的現代思想——而且這應是更注意些的目的。」〔註62〕對於前面的那一半，茅盾的另一句話已爲此作了注釋。這句是這樣說的：「我們爲人生的藝術而介紹西洋小說」。〔註63〕實

〔註62〕郎損：《新文學研究者的責任與努力》，《小說月報》第 12 卷第 2 號。
〔註63〕雁冰：《西班牙寫實文學的代表者伊東納茲》，《小說月報》第 12 卷第 3 號。

際情況也完全證明：茅盾早期對西洋文學的介紹，是完全服務於文學為人生這一總目標的。如此說來，茅盾對西洋小說、西洋文學的介紹，雖然涉獵甚廣，但有著明確的目的性，鮮明的選擇性，那些藝術上並不低劣卻背離了文學「為人生」的宗旨的作品，往往不能引起茅盾的興趣。茅盾熱衷於介紹西洋文學，還有超乎單純文學藝術目的的考慮。那就是：向中國人介紹世界的現代思想。這是目的中的另一半，有時甚至是顯得更為重要的一半。「世界的現代思想」，從總體上說，是「民主與科學」的思想，是可以用來反對中國傳統的封建思想的武器。茅盾在介紹西洋文學的時候，往往藉此來介紹「世界的現代思想」；但他介紹「世界的現代思想」的途徑，並不僅是文學。他對尼采學說的介紹，對愛倫凱婦女解放觀的評價，都是不依賴文學而直接進行的。因此，我認為，與其說早期茅盾不倦地介紹了西洋文學，不如說他不倦地介紹了西洋的文化。

早期茅盾在評介外國文學方面做了大量的工作：

一是按照「切要」的原則選譯了一大批近代外國文學作品。從文體說，涉及小說和戲劇；從流派看，兼顧了寫實主義、象徵主義等；從國籍看，包括了俄、法、德、英等。特別可貴的是，茅盾對弱小民族的文學予以極大的關注。這些作品大都迴蕩著文學為人生的主旋律。

二是以超乎尋常的理論敏感，熱情地介紹了西方文藝思潮。早期茅盾重視文藝思潮的作用。他曾經認為：「要緊的事情，就是要一部近代西洋文學思潮史。」〔註64〕文藝思潮，是整個社會思潮的一個構成部分。而一時代的新文學與包括新的文藝思潮在內的社會思潮是密切相關、互相依賴的。「新文學要拿新思潮做泉源」，茅盾的這一見解揭示了新文學與新思潮之間的關係。或許正是基於這樣一種認識，早期茅盾在宣傳西方文藝思潮方面可謂不遺餘力。他介紹並提倡過象徵主義思潮，自然主義、寫實主義思潮，新浪漫主義思潮。通過對以上這些文藝思潮的介紹與提倡，為當時的文壇引來了一股股活水，對於打破傳統觀念對作家所造成的束縛有極大的意義。

三是投入了相當大的力量，對西方近代的寫實主義大家進行了評價。早期茅盾推崇西方近代的寫實主義大家。例如，俄國的托爾斯泰、陀斯妥耶夫斯基，法國的巴比塞、福樓拜，英國的蕭伯納，波蘭的顯克微支，挪威的包以爾等。茅盾還對上述作家的作品展開了評論。評論中每每以此為參照，思

〔註64〕見《「小說新潮」欄宣言》，《小說月報》第11卷第1號。

考和回答中國新文學發展中所面臨的問題。他在評論中提出了「世間只有能反映人生的文學作品才算是眞眞的文學」〔註65〕的觀點；對「兼有浪漫主義和寫實主義的精神」的作品特別讚賞：這類文學見解，對當時的文藝無疑有一種指導作用。

四是及時傳遞了大量的海外文壇消息，報導了世界文學最新發展狀況。「海外文壇消息」，是早期茅盾在《小說月報》上所安設的一個窗口。藉此，人們可以透視世界文學發展的最新動向。茅盾親自爲這個欄目撰稿。據不完全統計，從1921年至1924年，他共撰寫記事206條。從茅盾所寫的「海外文壇消息」來看，他「對於戲劇創作和其劇場演出」「表示很大的興趣」；他「很注目女作家的活躍」；他「又留神注視第一次世界大戰和俄國革命以後各國文學情況大變動、各種主義和流派的興亡，特別是對當時所謂弱小民族和被壓迫民族的新動向，寄予很大的關心」。〔註66〕特別應當提出的是茅盾對蘇維埃政權下的文學狀況作了熱情的報導，在糾正當時人們對於蘇聯文學的偏見方面，發揮了很大的作用。而整個「海外文壇消息」，大大地拓寬了人們的文學視野，促進了中國文學與外國文學之間的溝通。

五是由對蘇聯文學的研究入手，探討了關於無產階級文學的一系列問題。茅盾在早期的最後兩三年裡，集中探討了無產階級文學藝術問題，並確立了無產階級的文學觀、藝術觀。茅盾形成無產階級文學觀、藝術觀的過程，同時也是接受西方文化中最進步的思想觀點的過程，又是宣傳、介紹這種最先進的文學藝術觀點的過程。茅盾宣傳、介紹無產階級的文學藝術觀，並不只是一味照搬、照抄，而是包含著對中國文學藝術發展方向的思考在內的。說茅盾的無產階級文學觀、藝術觀，體現了東西方文化的交融，是這種交融的產物，也許並不爲過。

綜上所述，我認爲，茅盾在早期的十年中，站在東西方文化的交匯點上，廣泛地介紹了西方文化。在這個過程中，他自己也得到了薰陶，並最終成爲文學巨匠、文化巨人。

再次，茅盾不懈地探索了文學藝術自身的規律，從而極大地豐富了現代文藝理論和美學理論的寶庫。

在茅盾之前，用現代人的思維方式來有意識地探討文藝理論和美學理論

〔註65〕雁冰：《挪威寫實主義前驅般生》，《小說月報》第12卷第1號。
〔註66〕松井博光：《〈小說月報〉〈海外文壇消息〉目錄》。

者，尚不多見。早期茅盾有志於此。他付出了艱辛的勞動，取得了令人矚目的成就。

早期茅盾的探討涉及以下幾個方面：

一是文學本質論。文學的本質究竟是什麼？茅盾早期在這個問題上的認識並不是凝固不變的，其軌跡呈現爲一條曲線。但有一點是始終一貫的。那就是：堅持從唯物論的反映論出發，將文學看作生活的反映，人生的反映。他認爲，文學是反映者，生活和人生是被反映者。他把文學說成是鏡子。這個說法不無缺點，但它是體現了唯物論思想的。

二是文學發展論。茅盾認爲，文學是進化的、發展的。他以西方文學的發展軌跡，作爲考察中國文學發展的依據。他認爲，中國文學將與西方文學一樣，順著古典主義——浪漫主義——寫實主義——新浪漫主義的次序進化發展，只不過中國文學在時間上大大落後於西方文學。西方文學已進到新浪漫主義階段了，而中國的文學卻停留在寫實主義之前。茅盾的上述文學發展觀，是建立在進化論和中西文學比較的基礎上的，體現了開闊的研究視野，打破了凝固僵死的觀點，不失爲一家之言。當然，過多地將中國文學放到西方文學的框框之中，又使他的研究出現了某些失誤。茅盾還試圖從文學與哲學思潮的關係中，考察文學的發展；從內容與形式的矛盾運動的角度，看取文學的創新與發展。總之，茅盾關於文學發展的論述，特別充分，特別豐富。幾種不同視角的交叉切入，幾種思維成果的交融互補，構成了早期茅盾的頗有層次感的文學發展觀。進化論的考察是一種鳥瞰式的考察，是將過去、現在、未來加以貫通的考察，屬於對文學發展階段的縱向把握；哲學的考察著眼點在文學與社會思潮的關係，其聚焦點在文學所受意識形態中其他支脈的制約，研究的是文學所受文學以外的因素的影響；對文學的內容與形式矛盾運動的考察，則將研究引入到了文學的內部，從而讓人們看到了文學發展的內在依據。儘管茅盾的文學發展觀存有不少值得商榷之處，但對其價值絕不可小視。

三是文學功能論。早期茅盾所倡導的爲人生的文學，實際上也就集中地體現了他的文學功能觀。他旗幟鮮明地反對超功利主義的文學觀。他既反對封建文人把文學當作消遣品的陳舊觀念，又斷然否定了當時所盛行的頗爲時髦的西方的唯美主義，還擯斥了當時在新文學隊伍中所出現的藝術無所謂目的的主張。茅盾所講的文學功利性，與他的民主主義立場密切相關。功利，

不是封建的載道文學所體現的功利，不是封建階級、食人者們所期望的功利。茅盾先是站在平民的立足點上談文學的功利，後是站在無產階級的角度闡述文學的功利。前後雖然都堅持文學功利觀，但其實質性內容已經發生了根本性的變化。功能觀的政治色彩也由淡而變濃了。

茅盾講文學的功利性，但他又反對極端的功利主義，反對只求功利目的而根本忽視文學的審美特性的傾向。在茅盾那裡，文學的審美特性和文學的功利特性，兩者是相統一的。他是在強調功利目的的前提下，強調文學的審美特性：「文學作品雖然不同於純藝術品，然而藝術的要素一定是很具備的。」〔註67〕純藝術品不具備平民所要求的功利性，更不具備無產階級所要求的功利性。文學作品與此不同，那麼，也就是說，它必須具備平民或無產階級所要求的功利性。然而即使如此，文學作品卻不可不具備藝術的要素，不可不具備審美的特性。文學和藝術當然是要為某種目的而設的；不管怎樣，它都要體現出某種功利性。但又不能「把藝術當作全然為某種目的而設」。因此，可以認為，茅盾是將功利性作為文學的目的，而將藝術性、審美特性作為實現功利目的的手段。「把藝術當作全然為某種目的而設」，實際上是抽掉了為功利目的服務的手段。那是忽視藝術美的狹隘功利主義。如此看來，早期茅盾對文學功能的理解，在當時條件下是屬於高水平的。

四是文學本體論。早期茅盾對文學的探索，大量的是對文學本體的探索。茅盾潛心研究了文學的內部構成，把文學分成了兩面：思想的一面和藝術的一面。在思想一面，他要求文學表現切實的人生內容。在重視思想一面的前提下，他在研究藝術的一面時也很投入。他對小說、劇本和詩三種文體都作過研究。相比較而言，他對小說的研究顯得更精深。他論及了小說的結構。認為小說必須有精密的結構。論及了描寫的手段、描寫的方法。認為好的作品必須具有獨創性，對人物動作的描寫應當是有選擇的，所描寫的動作應能表現人物的內心活動。論及了小說的背景描寫。強調背景描寫的個性化，倡導在把握人物與背景的聯繫中描寫人物、塑造形象。他悉心研究了人物描寫問題，寫成了《人物的研究——〈小說研究〉之一》〔註68〕這樣一篇重要論文。該文對小說人物問題進行了多側面的考察，既論列了小說人物的歷史發展，又從理論上加以開拓。在文中，他提出了一系列卓見。例如：不可拘泥

〔註67〕郎損：《新文學研究者的責任與努力》，《小說月報》第 12 卷第 2 號。
〔註68〕見《小說月報》第 16 卷第 3 號。

於「模特兒」的身世際遇以至聲音笑貌；在描寫人物時，要昭示人物性格的
發展，要昭示環境與事變的交互影響如何作用於人物的性格，不能將動作的
發展與人物的發展分成兩橛，彼此不生關係，而應當顯示出一致性；要精心
串合人物，在人物之間建立起應有的關係，而如果串合不得其法，將會損害
作品的真實性；小說家如果希望他所塑造的人物具有極大的吸引力，能引起
讀者的無限興味，那麼，他最好創造一個有個性的人物。總之，這是中國現
代最早系統研究小說人物的一篇論文，在小說本體研究中應當佔有重要的地
位。

早期茅盾在研究文學本體的時候，十分注意研究構成文學的美的原素。
他先後提出過「文學貴在『創作』」〔註 69〕的命題，「審美觀念對意象進行整
理，使之和諧，就成了文學」〔註 70〕的命題。前一個命題，昭示了文學的本
體所必須具備的品格。文學作品不同於工藝品。工藝品可以照樣本複製，複
製品仍然可以是美的。然而文學作品卻絕不可雷同。被摹仿的文學作品可能
是美得無與倫比的，而摹仿而成的作品卻絕不可能具備美的素質。茅盾所提
出的「文學貴在『創作』」的命題，對於文學本體的建設具有重要的意義。後
一個命題，剖析了文學之所以為文學的奧秘。這種剖析，既著眼於縱向的過
程，又著眼於橫向的構成。從縱向看，作家要將文學所要表現的客觀對象物
投射到自己的意識屏幕上，並將它轉化為意象，這是文學創作過程的第一階
段。在此基礎上，要按一定的審美觀念對意象進行加工整理。這是第二階段。
經由這一階段，孤立地看並不一定就美的意象，由於適當的組合，可以形成
一個美的整體。整理也好，組合也好，實際上也就是藝術構思。最後，是將
編製好的意象用文字表現出來，這是文學創作過程的第三階段，是最後完成
的階段。經過茅盾的這樣一番解析，文學的形成從過程上說顯得了了分明。
很明顯，茅盾是緊緊扣住「美」，將文學的生成當作一個系統工程來研究的。
他解決了一系列迫切需要解決的問題：文學基本材料的來源，文學構成的基
本原素，文學構思的實質，文學創作的階段劃分，等等。再說茅盾對文學構
成的橫向的剖析。從根本上說，文學是由意象構成的。或者說，意象是構成
文學的基本單位。當然，進入文學作品的意象，是經過了選擇和加工的，是
經過精心的編排的。編製的原則是一定的審美觀念、審美標準。這就是茅盾

〔註69〕請參見玄：《獨創與因襲》，1922 年 1 月 4 日《時事新報‧學燈》。
〔註70〕請參見沈雁冰：《告有志研究文學者》，《學生雜誌》第 12 卷第 7 號。

的見解。應當說，他的見解相當精闢。在當時可說是發人之所未發。然而遺憾的是，他未能對「意象」這一重要概念作出解說，這就大大地影響了探討所達到的理論深度。

綜上所述，茅盾在新文學的最初十年中立下了赫赫戰功。他是在新文學草創階段從理論和實踐兩個方面作出了傑出貢獻的功臣之一，也是追隨時代前進的步伐，不斷調整自己的世界觀和文學觀，使之體現出螺旋形上昇態勢的智者和勇者之一。在時代的浪潮中，他是一位令人欽佩的搏擊者和弄潮兒。他的業績，光彩奪目，將永遠彪炳史冊。當然，這並不意味著他的早期只有業績，沒有缺陷，沒有失誤。實際上，缺陷、失誤總是與業績相伴而來的。缺陷、失誤襯托出業績的可貴，也說明了業績的來之不易。探索中出現的缺陷與失誤，無損於茅盾早期社會活動和文學活動的光輝業績。

茅盾早期的光輝業績永存！

四

研究茅盾早期思想的方法。多側面研究的方法。不是只注意茅盾早期思想的某個單一側面，而是觀照其方方面面。分解——綜合的方法。既要對茅盾早期思想作分解和解剖，又要在分解的基礎上綜合，立體地考察各種思想因素之間的交互作用。辯證的方法。茅盾早期思想是變動的而非凝固的，是與自身的和外界的諸多因素相聯繫的，是包含著內在矛盾的。歷史主義的方法。不是以今天的思維去推斷和估量早期茅盾，而是把茅盾放到他早期所處的歷史條件之下，從歷史實際出發進行考察。實事求是的方法。憑事實說話，而不是憑主觀臆斷說話。「有好說好，有壞說壞。」既不隨意拔高，為賢者諱；又不隨意貶低，故作驚人之語。

我們應當採用什麼樣的方法，來研究茅盾早期思想？這似乎不是一個什麼問題，無需探討。然而實際情況並非如此。據我看，在茅盾早期思想研究中，還存在著這樣那樣的問題。強調一下研究的方法，實在是十分必要的。

這樣說，並無貶低茅盾早期思想研究所取得的成果之意。事實上，迄今為止，涉足於茅盾早期思想研究領域者甚多。他們各自呈獻了自己的論文和著作，提出了許多精到的見解。可以說，在今天，這一領域中的未開墾的處女地已經很少了。這就從一個側面說明了茅盾早期思想研究之興旺，之卓有

成效。人們對茅盾早期思想的研究,不僅表現出廣度,而且達到了一定的深度。比如,關於茅盾早期人道主義思想的研究,關於茅盾早期美學思想的研究,關於茅盾早期自然主義文學觀的研究,關於早期茅盾與中外文學、中西文化關係的研究,等等,都取得了具有突破性的進展。可以說,對茅盾早期思想的研究,甚至比對茅盾其他時期的思想的研究,取得的成就更大。

然而,這絲毫也不能掩蓋茅盾早期思想研究中所存在的問題。這些問題歸結起來是:

首先,是對茅盾早期思想的單一側面的考察多,對若干側面之間存在的矛盾狀況考察得少。結果,所得出的結論往往是不夠全面、不夠正確的。例如有的論者充分注意到了茅盾 1922 年所表示的對於馬克思的社會主義的信仰,而忽視了與此同時或在這以後,茅盾還在鼓吹與馬克思的社會主義相牴觸的東西。孤立地看問題,茅盾既然已經確立了社會主義政治信仰,那就不應當存在這種信仰及與此對立的因素之間的矛盾。然而實際情況並非如此。

其次,對茅盾早期思想中的積極的因素研究得多,對其中消極的東西研究得少。在相當長的一段時間中,研究者不太願意觸及茅盾早期的人道主義思想問題。以致本人 1984 年發表的《茅盾早期人道主義思想探微》〔註71〕成了觸及這一問題的較早的一篇論文。在茅盾早期思想研究方面,我起步較晚。起步晚者能捷足先登,成為茅盾早期人道主義思想的較早探索者,這就說明這一問題此前尚未得到充分的重視。為什麼應當重視的問題卻沒有引起足夠的重視呢?一個重要原因是茅盾始終是中國現當代文壇上的正面而且高大的形象;為了避免有損於茅盾的形象,對人道主義這種所謂消極方面的因素,論者也就有意無意地採取了迴避的態度。比較起來,人們更樂於談茅盾早期思想中那些積極的因素。例如,倡導革新、創造、奮鬥,倡導文學「為人生」,倡導寫實主義,批判封建主義文學,對外來思潮的揚棄,較早接觸和接受馬克思主義,等等。圍繞這些命題寫成的論文已不在少數。但依我看,茅盾早期思想與馬克思主義的關係,仍然是一個有待於深入探討的問題。

再次,在論及茅盾早期的明顯包含有消極方面的思想時,每每往好處解釋的多,而很少進行嚴格意義上的批評。茅盾早期所說的「全人類」,明明帶有濃厚的人道主義色彩。可是論者卻將茅盾運用的這一概念,與人道主義之間的聯繫全部割斷。茅盾早期的進化論思想是一種客觀存在。進化論思想在

〔註71〕見《文學評論叢刊》第 21 輯,中國社會科學出版社 1984 年出版。

茅盾身上既有正面的影響，又有負面的影響。論者卻更願意看到正面的影響。甚至乾脆將茅盾早期所運用的「進化」的概念，一概解釋成「發展變化」。這樣，茅盾早期思想中，就似乎沒有消極性可言了。茅盾早期，對同一個命題的論述，有時會出現前後矛盾的情況。論者常常致力於將明明存在的矛盾解釋到不矛盾。比如，在自然主義問題上，早期茅盾的說法就是前後極不統一的。論者往往在茅盾的互相矛盾的論述中把另一面的東西去掉，而著眼於那些積極方面的東西。

最後，是在茅盾晚年的回憶、自傳與史料有出入的情況下，認可茅盾的回憶及自傳中的說法多，而依據可靠的史料糾正茅盾的回憶、自傳中不合實際之處少。我認爲，史料是第一性的，本人回憶和自傳是第二性的。不應當是第一性的史料服從於第二性的自傳、回憶錄，而應當相反。茅盾晚年在回憶錄中說：進化論思想，當然我研究過，對我有影響，但當時對我影響最大的，還是《新青年》，還是民主主義和愛國主義。茅盾的這一段話並不完全合乎事實。有的論者則完全順應茅盾的回憶而不是主要從考察當時的事實出發來加以闡發。

以上種種情況啓示我們：在茅盾早期思想研究領域中，有提出和探討研究方法的必要。

那麼，我們應當採用什麼樣的研究方法呢？

應採用多側面研究的方法。現實的人，總是複雜的。其思想，總是由多個側面構成的。常人如此，偉人同樣如此。正因爲這樣，只見其思想中的某一側面，必定不能認清對象的全貌。我想，我們應盡可能做到觀照茅盾早期思想的方方面面。接受馬克思主義，是早期茅盾思想發展中的一個重要側面，我們無疑應當下功夫研究；然而，進化論思想和人道主義思想，作爲茅盾早期的思想側面，我們對此也不可迴避。另外，茅盾受沒受過無政府主義、超人哲學的影響，受到過多大的影響，這些問題也值得研究。多側面的研究，不言而喻，包括了對茅盾早期思想中的正面和負面的研究。茅盾一度將文學當作科學，相對於他對文學藝術特性的強調和重視這一正面來說，那是一個負面。可是這樣一個負面，卻長期無人問津。茅盾1925年在論述了無產階級藝術的各個方面以後，思想上了一個新的台階，這可說是正面。但就是在這個時候，也還存在著負面的東西。對文學形式發展的進化論的理解和解釋，恐怕就是這樣一種負面。對此，也是無人過問。可見，我們要想不斷迫近茅

盾早期思想的本體，就必須堅持多側面研究的方法。

應當採用分解──綜合的方法。分解有利於條分縷析，探幽入微。對茅盾早期思想作分解和解剖，這在任何時候都是必要的。茅盾的早期文學批評觀極為龐雜。對此，如果不作分析和解剖，我們就會感到難於把握。而經過分解和解剖，我們就能看到構成茅盾早期文學批評觀的四大板塊：文學功能觀板塊，文學發展觀板塊，自然主義文學思想體系板塊，思想藝術兼顧的批評標準板塊。茅盾對具體作品所持的態度，所作的廣義批評，茅盾所提出的每一個批評主張，都可以從某一個板塊中找到原因，或者找到因子；反過來，四大板塊又總是在各自地和綜合地發生著作用。這裡就有一個在分解的基礎上再加以綜合，立體地考察各個板塊之間的交互作用的問題。如果僅有四個板塊中的一個板塊，這個板塊發生作用的情況，和四個板塊同時發生作用的情況是大不一樣的。四個板塊之間會發生碰撞，會由於相互之間的作用而形成一個合力。這個合力，並不就是每一個板塊的作用力的簡單相加。這個道理，應當說是不難理解的。然而，以往卻很少有人從這方面提出和考慮問題。對於茅盾早期思想的研究，僅僅停留於分解式的研究，似乎也從某一方面道出了早期茅盾的某種真實，但畢竟和茅盾其時的實際情況尚有不小的距離，至少是將應該顯得比較複雜的問題簡單化了。

應當採用辯證的方法。這裡所說的，毫無疑義，是唯物辯證法。任何事物都表現為過程。茅盾的早期思想也是一個過程。它是運動變化發展的，而非凝固的靜止的。馬克思主義在早期茅盾的思想中，由佔據非主導地位而變成佔據主導地位；進化論和人道主義思想，由居於主導地位而趨於逐步消滅。茅盾的早期思想的發展，體現了這種總趨勢。但這種發展所留下軌跡，是曲線而非直線。在前進的總趨勢中，思想有升有降，有起有伏，不排除會有局部性的、暫時性的倒退。從社會政治觀方面說，茅盾 1922 年就已經將無產階級革命的問題提出來了，並作了較為準確的闡述。聯繫到他關於確信了馬克思的社會主義的夫子自道來看，他無疑達到了一定的高度。此後一兩年，就社會政治觀而言，他並未將已經達到的高度保持下去。從其間發表的文章來看，達到一個新的高度是在 1926 年 1 月，撰寫《蘇俄「十月革命」紀念日》一文的時候。該文標誌著茅盾早期在掌握馬克思主義方面已達到了相當高的水平。在茅盾早期思想的兩次高峰之間，就有相對的低和伏。再說茅盾早期的文學觀。從最初階段的倡導文學「為人生」，到早期臨近終結時的倡導無產

階級藝術，就藝術觀的總體而言，茅盾早期思想呈現出了上昇的趨勢。但茅盾強調了文學的階級功利性，在某些地方對文學的審美特點強調不力，相對於以往在美學思想方面所達到的高度而言，又出現了某種倒退現象。我所說的茅盾早期思想的運動變化，也還包括這樣一種狀況在內：對於某種對象，由於把握不定，因而出現搖擺。對於自然主義，茅盾所持的見解就是這樣。客觀地說，茅盾在自然主義問題上的言辭和態度是多變的。其中有好些都是可以統一的，但是也有些觀點是無法統一的。這種把握不定以至搖擺，較多地體現了當時茅盾認識上的局限性。

　　唯物辯證法告訴我們：作為研究對象的茅盾早期思想，並不是一種孤立的存在。它和它周圍的世界之間存在著某種關係和聯繫。茅盾的早期思想，受到諸多因素的制約。先看經濟、政治因素的制約。當時的社會，經濟上存在著剝削，政治上存在著壓迫。充當剝削者、壓迫者的，既有帝國主義，又有國內的反動階級。黑暗的社會現實，迫使當時的思想家、文學家把人的生存問題當作第一位的問題來考慮。求生存、求平等成為當時社會的熱點。再看文化因素的制約。封建主義的思想文化，長期綿延，禁錮著人們的思想，扼殺了人們的個性。人們要想求得生存，活得像個人的樣子，就必須獲得個性的解放。這些，正好就是資產階級人道主義得以流播的土壤。而作為文化條件的一部分，西方的社會思潮學說的傳入，客觀上又推動了中國現代的第一次思想啓蒙運動。人道主義和進化論的傳入，使如飢似渴地期望得到打破封建蒙昧狀態的思想武器的先驅們如願以償。因此，茅盾心田催發了人道主義的種子，與進化論的學說一拍即合，都有其必然性。十月革命一聲炮響，為馬克思主義在中國的傳播提供了契機，也為茅盾早期思想的發展提供了契機。馬克思主義對茅盾的早期思想，發生了深層次的影響。再說社會風尚和社會心理的制約。「五四」時期，思想的開放和個性的解放，成為一種時尚，成為最能引起時代弄潮兒們心理共鳴的話題。對於來自西方的社會思潮和文學思潮的汲取，對於人道主義和進化論思想的熱衷，不排斥有相互影響、相互感染的情況存在。經濟的、政治的、文化的特定條件，經過複雜的運動過程，在「五四」運動中折射出來。「五四」運動，作為反帝反封建的愛國運動，作為偉大的思想啓蒙運動，使茅盾受到了深刻的實際教育，對他的早期以至一生，都發生了不可估量的影響。茅盾在整個早期思想發展中，對社會、對文學都採取了積極投入的態度，這當然又受到他自身的入世思想的制約。往

前追溯，我們可以在他的「準早期」找到種種徵兆和證據，又可以從身爲維新派的父輩對他的薰陶影響中找到遠因。因此，我們有必要建立一個包括社會政治經濟條件、文化背景、社會風尙和社會心理以及個人內在因素（觸及性格、心理、思想、經歷、家庭影響等各個方面）在內的系統，在這個系統中來考察茅盾的早期思想。

在茅盾早期思想研究中，我們所採用的方法，又應當是歷史主義的方法。這似乎已經是老生常談了。然而儘管是老調，我卻還是要重彈。有的論者往往不是從歷史實際出發，而是從事先已經建立起來的觀點出發去研究茅盾的早期思想。他們的某些觀點，並不是從歷史事實中來的。採用歷史主義的方法，這就要求我們把對象放到當時的特定條件之下，而不是單純以今天的思維和眼光去推斷和打量茅盾。雖然茅盾是偉人，是巨匠，但我們站在比他當時高得多的時代高度上。我們在進入課題研究領域的時候，需有兩種思維方式，兩種眼光。一種是代表當今水平的思維方式和眼光，我們藉此對對象進行審視，進行評價。失去了這種思維方式和眼光，我們也就失去了作爲後人才可能擁有的優勢，也就放棄了研究者所必須履行的褒貶和「說長道短」的職責。但是僅有這樣的思維方式和眼光又是不夠的。在對當時背景的理解上，在對歷史資料的佔有和挖掘上，在對某些複雜問題的原委和曲折的認識上，又需要我們有另一種思維方式和眼光。這種思維方式和眼光，是當時的人們所具有的。藉此，我們可以達到與對象之間的溝通，可以更清醒地認識對象。這將使我們的研究工作更趨深入。我想，我們所需要的是兩種思維方式、兩種眼光的統一。我們前面所批評的，是用今天的思維方式和眼光去推斷歷史上存在過的對象。這種推斷，輕易地將歷史的情況換成了今天的情況。在某些材料、某些環節無法坐實的情況下，幾乎是不假思索地憑這種推斷去想像、去補充。結果，茅盾的早期思想成了今人所追加的思想。將茅盾接觸馬克思主義的時間、馬克思主義成爲茅盾早期思想中的主導方面的時間大大提前，就是這方面的極爲典型的例子。

最後，研究茅盾早期思想所採用的方法，還應當是實事求是的方法。我們只能憑事實說話，而不能憑主觀臆斷說話。魯迅和茅盾評論作品，都遵循一條原則：好處說好，壞處說壞。我想，這條原則也完全適用於後人對偉人的研究評論。當然，作爲偉人和巨匠，茅盾早期思想中的「好處」大大壓倒了「壞處」，這是他有別於常人的地方。但「壞處」往往又是和「好處」並存

的。「金無足赤，人無完人。」有那麼一點兒帶上了引號的「壞處」，這完全是正常現象。可是，有的論者卻是為賢者諱，不敢觸及早期茅盾的弱點和短處，就就有袒護「壞處」之嫌。那麼，早期茅盾存在哪些無人問津的弱點和短處呢？其一，思想博大深邃這是好處，但從另一方面看，它又極為龐雜，缺乏一體性，這不能不是其短處。其二，資產階級人道主義和進化論思想對茅盾早期思想的影響具有兩重性。茅盾藉助於它們，引導民眾衝破封建思想的束縛。在這一點上，它們具有積極的意義。而在茅盾宣稱確立了社會主義政治信仰以後，他還在許多場合堅持資產階級人道主義觀點；確立了無產階級的文學藝術觀點以後，還存有進化論觀點的殘餘。在這種情況下，人道主義和進化論思想的消極作用也就不可避免地要表現出來。這就構成了茅盾早期思想中不可迴避的短處。

　　總之，在茅盾早期思想研究中，方法論問題十分重要。非科學的方法，難以引出經得起時間和歷史檢驗的正確結論。然而這又並不只是研究方法問題。研究方法又分明與思想方法有著十分密切的關係。種種存有弊病的研究方法，歸結起來，或是表現出了片面性，或是顯出了絕對化；或是背離了事實，或是忽視了對象。茅盾早期思想研究中的正反經驗教訓告訴我們：應當把整個研究建立在唯物辯證法的基礎之上。這樣，我們才能在研究中不斷地向本體接近，才能不斷地達到對對象的真理性的認識。

上卷・卷首語

　　本卷所要討論的是茅盾早期政治觀、社會觀、歷史觀及其對文藝觀的制約和影響。茅盾早期對進化論和人道主義有著特別的興趣，並深受其影響。茅盾早期又受到馬克思主義的薰陶。這些思想因素互相作用，促成了茅盾早期思想的演化，並留下了許多矛盾。這些矛盾，或是一度存在而在早期就已經解決了的；或是在早期沒有得到解決又向後延伸的。茅盾早期社會政治思想的變化軌跡中，有著當時時代政治經濟特點和社會思潮的投影。而他的社會政治思想又深刻地影響了他其時的文藝思想。本卷不打算單純地考察茅盾早期的社會政治思想，也不打算單純地考察茅盾早期的文藝思想；而旨在將茅盾早期的社會政治思想與文藝思想聯繫起來考察。為了便於說明問題，對茅盾早期的社會政治思想，分成三個專題進行論述，而在第三個專題的展開過程中，實際上又包含了綜合地、立體地考察的意圖。

第一章　「進化底原則普遍於人事」
——茅盾早期的進化論思想及其文學觀

一

　　問題的提起。進化論觀點究竟是否在茅盾的早期思想中佔據過主
導地位？茅盾晚年的表述。樂黛雲對茅盾早期所使用的「進化」
概念的界定。查國華的與樂黛雲接近的觀點。當事人與上述論者
均否定進化論觀點曾在茅盾早期思想中佔據過主導地位。從事實
出發，以原始材料為依據，我的結論與樂、查相左：進化論思想
一度曾是茅盾觀察人類歷史、社會現象的主要思想武器之一，對
其文學觀發生過極為重大的影響。

　　建國後有一些茅盾研究者，曾概略地提到進化論思想在茅盾早期思想中
的重要地位。這些研究者的觀點雖未充分展示，但立論是有一定依據的，與
茅盾早期的實際情況基本相符。然而，茅盾晚年卻對此提出了異議：「解放後
許多作者論述我早年的思想，都提出這兩篇東西（筆者注：指《學生與社會》
和《一九一八年之學生》），認為我這時期是進化論思想。進化論，當然我研
究過，對我有影響，不過那時對我思想影響最大，促使我寫出這兩篇文章的，
還是《新青年》。」〔註 1〕（筆者按：其實對茅盾「思想影響最大」的《新青
年》雜誌，當時就曾刊載過大量介紹進化論思想的文章。）茅盾又指出：從

<hr>

〔註 1〕茅盾：《我走過的道路》（上）第 128 頁，人民文學出版社 1981 年出版。

《一九一八年之學生》中：「可以見到我當時的愛國主義和民主主義思想的端倪」。〔註2〕時隔不久，樂黛雲同志撰文指出：「他（筆者注：指茅盾）所說的『進化』顯然只是指一般的發展變化而言，作爲進化論理論核心的生存競爭，優勝劣敗，弱肉強食，適者生存等觀點在五四時期已遠不如辛亥革命前後盛行，這些觀點也從來沒有在茅盾的思想中佔過主導地位。」查國華的觀點與此相近。他寫道：

> 也曾經有人從茅盾說過新文學是進化的文學一類字句中，斷定他「爲人生」思想的理論基礎是進化論。這顯然是缺乏說服力的。茅盾的確受過進化論觀點的影響，也應用過「進化」這個詞眼兒，但他沒有像魯迅那樣，形成過自己的進化論觀點。恰恰相反，他只是擇取了進化論中的合理因素，爲發展和創造中國的新文化服務。他揚棄了一些資產階級政客強加在進化論上的錯誤理解。例如，他所理解的「適者生存」，不像某些人所說的是「順應環境」，實際上就是隨波逐流；因爲茅盾一生主張創造、革新，反對因循守舊。又如，茅盾從來沒有同意過「弱肉強食」的反動觀點，而是反對強權政治，同情被侮辱被損害者。這就表明，茅盾「爲人生」的思想中，儘管有「發展」、「進化」的因素，但它的理論基礎絕不是進化論。〔註3〕

查國華在表述自己的觀點時，比樂黛雲更詳盡。不僅闡明了觀點，而且還舉出了理由，雖然未必見得完全恰當，但其思想相當清晰。這就提出了一個問題：茅盾早期的進化論思想，是否可以用「一般的發展變化」來概括？與本來意義上的進化論相接近的進化論思想，究竟有沒有在茅盾的早期思想中佔有過重要的地位？筆者以茅盾早期發表的著作、言論、通信爲依據，對他的早期思想進行了初步探討，認爲：進化論思想一度曾是茅盾觀察人類歷史、社會現象的主要思想武器之一，對他的文藝觀發生過極爲重大的影響。

二

「五四」時期進化論在東方大地上傳播的盛況。茅盾步入社會的最初幾年，進化論思想已經成爲一股不可阻擋的思想潮流。《新

〔註2〕茅盾：《我走過的道路》（上）第127頁，人民文學出版社1981年出版。
〔註3〕查國華：《批判·創造·「爲人生」——茅盾早期思想探索之一》，《山東師院學報》1981年第4期。

青年》不僅以民主主義、愛國主義思想給茅盾以滋養，而且也從
進化論方面，給他以深刻的影響。茅盾早期進化論思想的具體體
現。對當時時代特點的概括上所體現的進化論思想。對宇宙發
展、對生物乃至人類進化原因的探究中所體現的進化論思想。對
婦女問題所發表的見解中所體現的進化論思想。對文藝問題的論
述所體現的進化論思想。涉及文學與人生的關係進化、文學進化
的階段、文學形式的進化、「進化的文學」的要素等諸多問題。「進
化底原則普遍於人事」──茅盾早期所得出的結論。

　　早在上世紀末，嚴復翻譯了英國學者赫胥黎所著《進化論與倫理學》一
書的前兩章，作序並加上按語後，以《天演論》的書名出版。該書介紹了達
爾文的進化論，對當時國內正在興起的旨在變法圖強的維新運動曾起了積極
作用。從此，進化論作為西方資產階級的一種重要的思想學說，開始在古老
的中國大地上流播。
　　胡適曾經這樣敘述進化論在東方大地上傳播的盛況：
　　　《天演論》出版之後，不上幾年，便風行到全國，竟作了中學
生的讀物了。讀這書的人，很少能瞭解赫胥黎在科學史和思想史上
的貢獻。他們能瞭解的只是那「優勝劣汰」的公式在國際政治上的
意義。……幾年之中，這種思想像野火一樣，延燒著許多少年的心
和血。「天演」、「物競」、「淘汰」、「天擇」等等術語都漸漸成了報紙
文章的熟語，漸漸成了一班愛國志士的「口頭禪」。〔註4〕
　　當時談論進化學說風氣之盛，由此可見一斑。
　　茅盾跨上人生征途的時候，中國新文化運動已經揭開序幕。當時的激進
的民主主義者以剛剛創刊的《青年》雜誌（後更名為《新青年》）為陣地，向
封建主義展開了猛烈的進攻。該刊在創刊號上刊發了《敬告青年》一文。文
章熱烈地讚揚青年，有力地抨擊了充斥著「陳朽腐敗」的、如同老年人一樣
的社會。又依據進化論原理，闡明了自己的宇宙觀：「不進則退，中國之恆言
也，自宇宙之根本大法言之，森羅萬象，無日不在演進之途，萬無保守現狀
之理……此法蘭西當代大哲柏格森（H. Borgson）之進化論，所以風靡一世也。
以人事之進化言之，篤古不變之族，日就衰亡，日新求進之民，方興未已，

────────────────
〔註4〕見《四十自述》，《胡適作品集一》第54頁，臺灣遠流出版公司1986年出版。

存亡之數，可以逆睹。」出自陳獨秀手筆的《敬告青年》一文，確定了《新青年》的基調，而進化論思想則是《新青年》基調中的重要音符。

《新青年》在後來的思想啓蒙工作中，大力宣傳了民主與科學，廣泛介紹了西方資產階級的各種學說。其中，進化論受到特別的注重，並被普遍地運用。《新青年》不僅登載過不少直接或間接地介紹闡發進化論的論文，而且，它所發表的一些對以後的文學革命產生過深遠影響的文章，除去程度不同地表現了民主主義傾向外，也都滲透著進化論思想（或許應該更準確地說：宣揚進化論思想，是表現民主主義傾向的渠道之一）。1917 年 1 月，胡適發表了《文學改良芻議》，首開了「文學改良」和「文學革命」討論的先聲。他所依據的，就是「一時代有一時代之文學」這一「文明進化之公理」。〔註 5〕陳獨秀發表的《文學革命論》一文，公開亮出了「文學革命」旗幟。他在文中斥責過去時代的封建文學，「雖著作等身，與其時之社會文明進化無絲毫關係」，「直無一字有存在之價值」。〔註 6〕「五四」新文學運動中的另一位重要人物錢玄同，在他的《寄胡適之書》中寫道：「社會進化，有一定的路線，固不可不前進，亦不能跳過許多級數，平地昇天。」〔註 7〕可見，「五四」新文學的幾位發難者，都曾經從進化論那裡找到用新文學代替封建舊文學的理論根據。《新青年》是對青年時期的茅盾「思想影響最大」的一個刊物。它不僅在民主主義、愛國主義思想方面給茅盾以滋養，而且也從進化論思想方面，給他以深刻的影響。

其實，在當時情況下，也不光是《新青年》大力鼓吹進化論，《新潮》、《少年中國》等有影響的進步刊物，無不如此。

由北京大學一批學生創辦於 1919 年 1 月的《新潮》雜誌，創刊號刊載了傅斯年的《人生問題發端》一文。文章寫道：

> 人對於自身透徹的覺悟，總當說自達爾文發刊他的《物種由來》和《人所從出》兩部書起。這兩部書雖然沒有哲學上的地位，但是人和自然界生物的關係——就是人的外因——說明白了。到了斯賓塞，把孔德所提出的社會學研究得有了頭緒，更把生物學的原理，應用到社會人生上去，於是乎人和人的關係，又明白個大概……這

〔註 5〕見《新青年》第 2 卷第 5 號。
〔註 6〕見《新青年》第 2 卷第 6 號。
〔註 7〕轉引自李何林：《近二十年中國文藝思潮論》，陝西人民出版社 1981 年再版。

三種科學——生物學、社會學、心理學——都是發明人之所以爲人的生物學家主張的總是「進化論」，從此一轉，就成了「實際主義」。

在這裡，進化論被當成了社會人生的通則，人際關係的通則，其他科學也都必須遵遁的通則。

《少年中國》雜誌，由少年中國學會創辦。李大釗是這一學會的發起人之一。1919 年 7 月 1 日，《少年中國》創刊號出版。學會主席王光祈在《「少年中國」之創造》一文中指出：

我理想中的「少年中國」就是要使中國這塊地方——人民的風俗制度學術生活等等——適合於世界人類進化的潮流，而且配得上爲大同世界的一部分。

我們「少年中國」的少年要有創造的生活，我們人類所以繼續不斷的進化，就是因爲能夠創造。生物學家所說的「物競天擇適者生存」，適字的解釋就是指創造而言。唯創造者才能適、才能生存，自然界的現象、社會的狀況，都不是一成而不變的。

可以作爲例證的論述還有很多。

由此可見，在茅盾步入社會的最初幾年，進化論思想已經形成了一股思想潮流。它裏挾著有志於奮鬥和圖新的人。或者說，每一個不滿於當時現狀的人，都程度不同地憑藉進化論這一思想武器，去達到自己的目的。革命者，改良者，無不如此。談論進化論，信奉進化論，成了時代風尚、社會風氣。一種東西一旦成了時尚，它又會反過來薰染生存其間的人們，潛移默化地影響人們。毫無疑問，茅盾當時也受到崇尚進化論的時代氛圍的薰染。

當然，《新青年》雜誌當時所介紹的進化論思想，情況比較複雜。茅盾早期所論及的進化論，亦然。毋庸諱言，在某些情況下，「進化」直接取意於達爾文的學說，是該學說的移植；也有些時候，「進化」更多地體現的是社會進化論的色彩（而社會進化論與生物進化論通常又有著頗爲緊密的聯繫）；還有些時候，「進化」則是變化發展的同義語，體現的是辯證法的思想。茅盾的進化論思想，當是三種情況兼而有之。

茅盾早期的進化論思想，首先表現在他對當時的時代特點的概括上。在《一九一八年之學生》這篇重要的政治論文中，茅盾開宗明義地指出：「二十世紀之時代，一文明進化之時代也。全世界之民族，莫不隨文明潮流而急轉。文明潮流，譬猶急湍；而世界民族，譬猶小石也。處此急流之下之小石，如

能隨波流以俱進，固無論矣；如或停留中路而不進，鮮不爲飛湍所排抉。故二十世紀之國家，而猶陳舊腐敗，爲文明潮流之障礙，必不能立於世界；二十世紀之人民，而猶抱殘守缺，不謀急進，是甘於劣敗而虛負此生也。此二十世紀之所以異於十八、十九世紀，乃吾人所應知。」〔註8〕茅盾這裡所說的「進化」，顯然並不是生物學上的進化。但倘說他所指的是人類社會的進化，也仍然有些費解。社會的進化，又何止是二十世紀特有的現象呢？那麼，對此應當作何理解呢？我認爲，要正確理解這段話，關鍵是必須抓住「文明」二字。茅盾認爲，二十世紀存在著一股文明的大潮流。順之者昌，逆之者亡。社會的進化，同文明潮流之間的聯繫，比過去任何時候都更加緊密。這就是二十世紀與十八、十九世紀的相異之處。在這裡，茅盾運用進化論思想，對二十世紀的時代特點作了概括。這種概括，同以「優勝劣汰」爲核心的社會達爾文主義，不能說絲毫沒有關係。隨文明潮流以俱進，則立；抱殘守缺、不謀急進，則劣敗——茅盾的見解中，打著社會達爾文主義的某些烙印。但他在「優勝劣汰」的舊軀殼中，又注入了自己的內容：他所說的「立」與「敗」，並不是由「弱肉強食」所造成的結果；勝敗不在於人種與人種之間的生存競爭，而在於一民族的文明程度所受的世界文明潮流的抉擇。茅盾的進化論，在這一層面上，異於「生存競爭」說，卻又同於「適者生存」說，「優勝劣汰」被改造成爲「優存劣敗」。因此從本質上說，它採用了進化論的大框架，較多地保留了進化論的某些基本精神，與原來意義上的進化論有著頗多相通之處。在這種情況下，似乎不宜論定茅盾的進化論說的只是一般的發展變化。事實上，他不僅肯定了社會進化的大趨勢，而且肯定了實現進化的途徑——「優存劣敗」。這就夠了，我們足以將他的進化論與一般的發展變化相區別了。當然，茅盾的進化論思想中，也確實包含有事物發展變化的思想（但這種發展變化是通過進化而實現的）。與社會達爾文主義之間，又是存在著某些區別的。這種區別往往給人以某種錯覺，似乎茅盾的思想與進化論思想毫無共通之處，茅盾只是在該說「發展變化」的地方借用了「進化」這個字眼罷了。

　　茅盾早期的進化論思想，其次表現在他對宇宙的發展、對生物乃至人類的進化原因的探究上。對於宇宙的發展變化，他曾發表過如下看法：「我們就宇宙生成破壞一面看，好像是循環，因爲生成與破壞是銜接的；但若就一個

〔註8〕見《學生雜誌》第5卷第1號。

星系的生活來看,簡直是進化。」〔註9〕在這裡,茅盾將進化的概念延伸到了「星系的生活」的範疇。這究竟是一種成功的延伸,還是進化概念的濫用?我以為,茅盾在這裡所說的進化,失去了特定的內涵,甚至也不能用「發展變化」的意義去界定它。因此,這只是一種「泛進化論」。茅盾還把生物和人類放到宇宙這一宏觀世界中去考察,認為:天河「的確和我們人類——生物進化——是有些關係」。〔註10〕這在一定程度上,體現了他早期的以進化論為基礎的唯物主義自然觀。但天河與人類進化、與生物進化之間究竟有什麼關係呢?茅盾並沒有加以具體的闡述。茅盾並不以研究人類進化、生物進化為己任。對此,我們似乎不必苛求。對於人類的進化,茅盾又有哪些見解呢?在《尼采的學說》一文中,他對尼采的「強權是人類進化的階段」的說法提出了批評,但同時,對於那種純粹以生物學觀點解釋人類進化的觀點,又並不贊同。他曾這樣直抒己見:「我看是克魯泡特金的話最不錯。克氏根據生物學的研究,說明人生是互助,因互助而得進化。」〔註11〕他不無讚賞地說:「進化說到了克氏,總算得到一個較為圓滿的說明了。」〔註12〕其實,克氏的「互助論」並不就是對進化說所作的說明。茅盾是將有關社會發展和人類自身發展的兩種不同見解糅合到一起了。再深入一層看,克氏的「互助論」和達氏的「進化論」之間,無疑是存在著差異的。對於生物進化原因的解釋,「進化論」強調生存競爭。而「互助論」則認為,生物界除了生存競爭以外,還有互相扶助的一面。生物不是單個生存的,而是成群地共同生存的。所以不能就單個生物來決定哪個強,哪個弱,只能說哪一種生物強,哪一種生物弱。生物群之間進行生存競爭的結果,生存下來的便是善於互助的生物。人類也不例外,人具有很強的互助本能。然而,儘管「互助論」與「進化論」在某些方面存在著對立,兩者之間也還仍然有著一致性:首先,都承認生物是不斷進化的這樣一個大前提;其次「互助論」並不根本否定「生存競爭」說,而試圖從互相扶助的一面對此加以補正。茅盾對於克氏的「互助論」,是將它作為對進化說的「較為圓滿的說明」來肯定的,而並不是作為對「進化說」的否定來讚賞的。因此,茅盾對克氏的「因互助而得進化」這一見解的稱道,

---

〔註 9〕 雁冰:《天河與人類的關係》,《學生雜誌》第 7 卷第 7 號。

〔註10〕 同上。

〔註11〕 見《學生雜誌》第 7 卷第 1～4 號。

〔註12〕 同上。

與他的進化論思想不無關係。他的「進化論」的總的思路沒有改變，卻又在其中注入了別樣的內容，使之充滿了溫和的色彩，理想的色彩。

如果說在 1916 至 1926 年的十年間，論及進化論的《天河與人類的關係》和《尼采的學說》都發表於這一時期的前半期的話，那麼可以說，以相當多的筆墨體現進化論思想的《少年國際運動》一文則發表於這一時期的後半期。

茅盾在文中寫道：

> 生命的大流，進化的大流，在春季膨脹起來，滔滔的向著未來的無窮發展，世界不是目的論者的世界，宇宙的發展可以無窮，而天演的公例，卻直指向進化的途徑；這不是大自然的一般趨勢麼？在人生中，當然不能違背這個公例。而人生中的青年期，更是自然的工具，用它洗滌一切污穢，遂行進化的目的。〔註13〕

這段話，是 1924 年茅盾對進化觀的較爲完整的表述。它用進化、天演涵括宇宙、大自然、人類社會。它將「進化」稱作「公例」，稱作「途徑」，稱作「目的」。我們能明明白白地感受到曾經在《天河與人類的關係》一文中蕩漾過的旋律。關鍵在於：這時茅盾的思想中，馬克思主義的成分，已明顯得到加強。即使是如此，茅盾思想中的進化論因素，並沒有隨之很快削弱。可見，在茅盾早期思想中進化思想的地位有多牢固。

在這一個層面上，茅盾的進化論思想似乎並不能用「一般的發展變化」來概括，而是大體接近於本來意義上的進化論。茅盾不贊成將生物進化論簡單地移植到人類之中，也不贊成尼采的體現了超人思想的進化說。但茅盾並不反對本來意義上的進化說。由於早期人道主義思想的作用，他不主張以生存競爭和實行強權作爲人類進化的途徑。他主張以「互助」實現和推動人類進化。或許應該這麼說：茅盾首肯人類進化的基本觀點，對進化說所揭示的人類進化的趨向表示認同。但他又用「互助」說對以「物競天擇」說爲核心內容的達爾文的進化論進行了修正。經過一番修正，茅盾在這一層面上的進化論思想，與本來意義上的進化論既有十分緊密的聯繫，而又有某些區別。

茅盾早期的進化論思想，還體現在他對於婦女問題所發表的見解上。1920 年前後，他一度曾是那樣關注婦女問題，爲《婦女雜誌》和其他報刊撰寫過多篇有關婦女問題的文章。許多文章體現了一個共同的基調：婦女問題與人類進化密切相關。1920 年，茅盾的題爲《婦女解放問題的建設方面》的

〔註13〕赤城：《少年國際運動》，1924 年 9 月 7 日《民國日報・覺悟》。

文章具有代表性。他毫不隱晦地說:「爲什麼我們要提倡婦女解放?爲人道主義麼?不是!爲平平婦女的氣麼?自然也不是!我敢說我們提倡婦女解放的目的,就爲的是從社會進化著想!」〔註14〕爲著促進社會的進化,茅盾設想了兩種途徑:提高女子的人格和能力;提高後代的水平,使他們勝過他們的前輩。茅盾極爲自信地說道:惟其我們是拿社會進化做根本觀念,所以一方欲設法抬高女子的人格與能力,使和男子一樣,一方更欲設法使後一代的人比現在強。正惟我們欲抬高女子的人格和能力,所以先欲解除女子身上的種種束縛,——這是手段是方法不是目的——又正惟我們惟欲使後一代的人比現在強,所以先欲提倡兒童公育。」〔註15〕茅盾明白無誤地告訴我們:他是從社會進化的根本觀念出發來思考婦女解放問題的。他在文中還確立了婦女解放的標幟:「提高女子的人格和能力,使和男子一般高,使成促進社會進化的一員,那便是我們對於女子解放的思想大標幟。」〔註16〕茅盾將女子解放的課題納入人類進化、社會進化的軌道來考察,這是符合他當時的思維方式的。獲得了解放的女子,無疑應當成爲「促進社會進化的一員」。社會的進化,需要男子們和女子們的共同努力來推動,離不開得到了解放因而「和男子一般高」的女子們的參加。因此,女子解放了,就可以從一個方面促進社會的進化。反過來說,隨著社會的不斷進化,女子也一定會最終獲得更大程度的解放。這是茅盾當時思考婦女問題所循的思路。但我總覺得,在社會進化的大框子中來談婦女解放問題,既無法談通,也無法付諸實施。其立論的基礎是並不牢靠的。在當時的社會條件下,提高女子的人格和能力,就能使她們和男子一般高了嗎?再則,離開了婦女政治上和經濟上的解放,婦女就能提高人格和能力了嗎?茅盾憧憬女子的解放,卻既不著眼於被壓迫、被剝削階級的解放,又不著眼於社會的根本性的變革。這種理想無異於幻想。這不能不是茅盾當時的思想局限之一。再說,「社會進化」是一個十分含混的概念。它是指社會的一般意義上的變化呢,還是指社會的漸變呢,抑或是指根本性的變革?如果社會進化只是指一般意義上的變化或漸變,那麼,「提高女子的人格和能力,使和男子一般高」,這本身就是一件十分渺茫的事情;如果社會進化是指根本性的變革,那麼「提高女子的人格和能力,

〔註14〕見《婦女雜誌》第 6 卷第 1 號。
〔註15〕同上。
〔註16〕同上。

使和男子一般高」，這應該是社會根本性變化的結果才對。茅盾將婦女問題放到社會進化的大框子中加以理解和闡發，這與他當時的總體思想是合拍的。但依了他的見解，終究解絕不了婦女解放問題。

　　茅盾早期的進化論思想，還集中地體現在他對文藝問題的論述中。1922年 2 月，茅盾曾針對梅光迪對文學進化論的責難，發表《評梅光迪之所評》一文予以反擊。梅光迪認為：「文學進化至難言者，西國名家（如英國十九世紀散文及文學評論大家韓士立 Hazilitt）多斥文學進化論為流俗之錯誤，而吾國人乃迷信之。」〔註 17〕茅盾針鋒相對地駁斥了梅光迪的見解，堅持了文學進化論的觀點。茅盾借用 Saintsbury（筆者注：通譯聖茨伯里，英國文學史家、批評家。茅盾稱之為珊氏）的話批評韓士立：「並非以發現一條任何的評論原理而成卓特」。〔註 18〕珊氏是一個出言並不驚人，思想顯得有些守舊的批評家。但他對韓士立的批評卻是一語中的。這還不是最緊要的，因為「並非以發現一條任何的評論原理而成卓特」的批評家，也常常能道出某種真理。問題是：「韓士立逝世將及百年，這百年中，各大家對於文學進化論的研究，又精深了許多」。〔註 19〕而梅光迪則是「引百年前人對於當時文學進化論的批評以駁百年後的見解」。這表明梅氏對於百年來精深了許多的文學進化論研究一無所知。更何況，把達爾文的進化論原理應用在文藝上，把文藝當作生物來對待，這屬於近代文學進化論的範疇。「『文學底種類的進化論』的健將（也可說是主張者）Brunetiere（筆者注：指布倫蒂埃，法國批評家、文學史家）是一八四九年生的，去韓士立之死幾乎二十年了」。〔註 20〕韓士立逝世時，「其時近代底生物觀的文學進化論尚未出世」。〔註 21〕韓士立和近代文學進化論簡直是風馬牛不相及；梅光迪引用韓士立的話來批評文學進化論，實在是連半根稻草都撈不到。在批駁梅光迪觀點的過程中，茅盾並沒有從理論上大加展開，而只是沉著地指出梅氏所依憑的「西國名家」及其言論的蒼白無力，無濟於事。從字裡行間，我們分明可以感受到茅盾在堅持文學進化觀方面所體現的理論堅定性和內在力量。茅盾早期的文學進化論思想散見於多處，大致可以概括為以下四個方面。

〔註17〕見《時事新報‧文學旬刊》第 29 期（1922 年 2 月 21 日）。
〔註18〕同上。
〔註19〕同上。
〔註20〕同上。
〔註21〕同上。

其一，文學與人生的關係的進化。

茅盾考察了世界文學的進化過程，認爲，文學進化已見的階段是：

（太古） （中世） （現代）
個人的 帝王貴閥的 民眾的

在太古，文學是屬於個人的，表現的是作者個人的、主觀的東西。在中世，文學爲帝王貴閥所霸佔，文學屬於個人的觀念並沒有根本性的改變。只有到了現代，隨著德謨克拉西運動的興起，文學才可能變成民眾的文學。它與人的關係，也隨之顛倒：由「文學屬於人」變成「人是屬於文學的了」；〔註22〕文學從表現作者主觀的東西，到「沒有一毫私心不存一些主觀」地表現人生。總之，文學「每進一步……便把文學和人生的關係束緊了一些」。〔註23〕

茅盾試圖通過考察文學的進化，揭示文學與人生關係越來越緊密的趨勢，從而牢固地確立「文學爲人生」的觀點。這對於歷來只是把文學當作粉飾太平的奢侈品，裝點門面的附屬品的傳統觀念，特別是對當時以鴛鴦蝴蝶派爲代表的「將文藝當作高興時的遊戲或失意時的消遣」的時行觀念，有著尖銳的針砭和巨大的匡正作用。但在這一番考察中，也存在著某些值得商榷之處。最主要的是「三段式」中「現代——民眾的文學」的說法。在茅盾所說的「現代」的西方資本主義社會裡，文學其實並不爲民眾所有。而且，從個人的文學、帝王貴閥的文學到民眾的文學的轉換，也不是順著一般的進化次序漸進就能實現的，而既有賴於社會的政治革命，又有賴於社會觀念的劇變。茅盾過分地相信按進化次序的漸進，而忽視社會發展進步中所不可少的質變和革命。這種局限性，是由進化論學說固有的缺陷所決定的。達爾文的學說，在正確地反對了居維葉的反動的災變論的同時，硬說自然界中的一切只是進化地發展著，沒有飛躍和革命。正如斯大林所指出的：「達爾文主義不僅擯斥居維葉的激變，而且擯斥包括革命在內的、按辯證法來瞭解的發展，但從辯證方法觀點看來，進化和革命、量變和質變乃是同一運動的兩個必要形式。」〔註24〕承認「兩個必要形式」，還是只承認進化、量變這一個形式，

〔註22〕雁冰：《文學和人的關係及中國古來對文學者身份的誤認》，《小說月報》第12卷第1號。

〔註23〕郎損：《新文學研究者的責任與努力》，《小說月報》第12卷第12號。

〔註24〕斯大林：《無政府主義還是社會主義》，《斯大林全集》中文版第1卷第285頁。

這是馬克思主義者和進化論者的分野。此外，茅盾的其他一些說法也還缺乏嚴密的科學性。

其二，文學進化的階段。

茅盾接編《小說月報》以後，曾於 1919 年年底對刊物的宗旨作過如下表述：「要使東西洋文學行個結婚禮，產出一種東洋的新文藝來！」〔註 25〕為此目的，他考察了西洋文學的進化史。用他自己的話來說就是：「本社同人等私心過慮，常常以為介紹西洋文學，要先注重源流和變遷，然後可以講到現代。」〔註 26〕那麼，茅盾從源流和變遷中究竟看到了些什麼呢？

「翻開西洋文學史來看，見他由古典──浪漫──寫實──新浪漫……」〔註 27〕茅盾認為文學就是這樣進化的。後一種文學取代前一種文學，不僅有「外部的衝突」，而且有內在的原因。他從揭示文學與外部的衝突以及自身的矛盾入手，論述了文學進化的原因。他是這樣分析文學自古典主義到浪漫主義的進化的：在進化的潮流中，古典主義越來越暴露出它的固有弱點──束縛個人的自由思想。「而個人自由思想實是人群進化之原素，所以人群不進化也罷，人群若進化，則古典主義自然欲立不住腳」。〔註 28〕人群的進化，帶動了文學的進化。扼殺了個人自由思想，因而阻擋了人群進化之潮流，這就是古典主義最終被淘汰的內在原因。茅盾分析由浪漫文學到寫實文學的進化過程，也頗有見地。他認為，末流的浪漫文學，與人生不相結合，「所描寫的不是現在的人生」。〔註 29〕這是浪漫文學與外部的衝突。「自從工業革命以來，科學長足的進步，……幾乎處處地方都要用科學方法來配合上去」，可是浪漫文學又「太不合科學方法」，「這是浪漫文學內的病根」。〔註 30〕「外部的衝突」和「內的病根」「兩個合起來，便成為推倒浪漫文學的原動力而生出寫實文學來了」。〔註 31〕茅盾的論述中不乏精闢之見。後期浪漫文學受到重客觀、重實證的哲學思潮的摒棄，這裡面確實有自然科學發展的因素在內。使人略感不足的是，茅盾由於受當時思想水平和認識水平的限制，尚未能認識到浪漫文

〔註 25〕見《「小說新潮」欄預告》，《小說月報》第 10 卷第 12 號。本文發表時未署名。
〔註 26〕同上。
〔註 27〕郎損：《新文學研究者的責任與努力》，《小說月報》第 12 卷第 12 號。
〔註 28〕雁冰：《文學上的古典主義浪漫主義和寫實主義》，《學生雜誌》第 7 卷第 9 號。
〔註 29〕同上。
〔註 30〕同上。
〔註 31〕同上。

學進化到寫實文學，還有著更深一層的原因。隨著資產階級在西歐的勝利，資本主義的固有矛盾——生產的社會性和生產資料的私人佔有性之間的矛盾，也日趨尖銳化。經濟危機頻仍，社會矛盾加劇。無產階級的反抗鬥爭風起雲湧。在這種情況下，返回自然、沉湎中世、虛幻做作的末流浪漫文學引起了人們的不滿。嚴酷的現實，迫使一部分頭腦清醒的資產階級作家，拿起了現實主義的解剖刀。這就出現了以暴露現實、批判時世為宗旨的批判現實主義，即茅盾所說的寫實主義。因此，文壇上寫實主義的興起，其更深的原因，應到社會關係中去找。在茅盾對文學運動所作的考察中，有一點值得注意：他力圖把文學的進化，同人群的進化聯繫起來加以考察，這一條脈絡十分清晰，這表明，茅盾早期的文學觀，是以進化論的歷史觀為其基礎的。至於說茅盾用進化觀點對文學發展所作的解釋，其是非得失，本書將在第四章詳加評說。

　　其三，文學形式的進化。

　　在前面所提到的《評梅光迪之所評》一文中，茅盾曾經這樣明確地表示過：「查文學進化論大別有兩種解釋：一是指文學的形式的進化，如敘事詩歌之於歌劇等等。二是把達爾文的原理應用在文藝上，把文藝看作一個生物。」〔註32〕也許因為茅盾行文所要駁斥的，是梅光迪對文學進化論的基本立論所持的否定態度，他對文學形式的進化問題只是一帶而過，使我們難於把握其基本觀點背後的實際內容。時隔半年，他又寫下了這樣一段耐人尋味的話：「不但文學思潮是跟著時代變遷的，即如文學上各種體裁的次第發生，也是跟著時代變遷而來的結果。法國近代批評家蒲留契爾（Brunetierc），主張的文學進化論就是這麼說的，他以為史詩、悲劇、抒情詩等等的發生，都根據於時代變遷的影響——或者有些地方難免穿鑿，然而他的見解確是不錯的。」〔註33〕茅盾基本肯定了蒲留契爾的「時代變遷——文學進化——文體次第發生」的思路，從而使他的文學形式進化的觀點體現出較為具體的內容。1925年，茅盾發表了在早期思想發展中具有重要意義的《論無產階級藝術》一文。在這篇文章中，茅盾將文學形式的發展明確地歸結為「機體進化」。

〔註32〕郎損：《評梅光迪之所評》，《時事新報・文學旬刊》第29期（1922年2月21日）。

〔註33〕沈雁冰：《文學上各種新派興起的原因》，1922年8月12日～16日寧波《時事公報》。

經歷了幾個春秋以後，茅盾的早期思想出現了深刻的變化，總體上呈現出上升的趨勢。但在文學形式的進化問題上，他卻回到了「把文藝當作一個生物」、「把達爾文的進化論的原理應用在文藝上」的起點上了。

其四，「進化的文學」的要素。

1920 年，茅盾在《新舊文學平議之評議》一文中，提出了「新文學就是進化的文學」這一命題。他認爲「進化的文學」有「三件要素」：「一是普遍的性質：二是有表現人生、指導人生的能力：三是爲平民的非爲一般特殊階級的人的。」〔註 34〕如果說茅盾對文學的進化曾作過大量的縱切面的考察的話，那麼，在這裡，則作了橫斷面的解剖。所謂「普遍的性質」，其實就是全人類的性質。茅盾早年十分強調：文藝所表現的應當是全人類的生活，文藝應當溝通全人類的感情。在他看來，文藝經過一步一步的進化，必定「更能表現當代全體人類的生活，更能宣泄當代全體人類的情感，更能聲訴當代全體人類的苦痛與期望，更能代替全體人類向不可知的運命作奮抗與呼籲」。〔註 35〕「有表現人生、指導人生的能力」，是就文學與人生的關係而言的。從太古的「個人的」文學，到中世的「替聖君賢相歌功頌德」、與人生隔絕的封建文學，直到「有表現人生、指導人生的能力」的新文學，這是進化的結果。「爲平民的非爲一般特殊階級的人的」文學，也就是茅盾在另一些文章中所說的「國民文學」。按照他所揭示的文學發展「三段式」，西方的文學，現代已進化到了屬於民眾的階段，而我國的文學現在還處於從第二階段到第三階段的時期。「我們中國的文學者」，「有個先決的重大責任，就是創造我們的國民文學」。〔註 36〕

茅盾所說的「進化的文學」的「三件要素」，實際上也就是新文學所必須具備的屬性。由於具備了這些屬性，新文學就迥異於舊文學。頗爲令人費解的是：茅盾何以提出「新文學就是進化的文學」這樣一個命題？按照茅盾當時的觀點，文學不是始終處於進化的過程之中的嗎？爲什麼談及新文學，要特別地強調它是「進化的文學」呢？茅盾寫於 1920 年的《爲新文學研究者進一解》一文，或許可以成爲我們開鎖解謎的鑰匙。茅盾在文中說：「新文學要

〔註 34〕冰：《新舊文學平議之評議》，《小說月報》第 11 卷第 1 號。
〔註 35〕郎損：《新文學研究者的責任與努力》，《小說月報》第 12 卷第 12 號。
〔註 36〕雁冰：《文學和人的關係及中國古來對於文學者身份的誤認》，《小說月報》第 12 卷第 1 號。

拿新思潮做泉源」,「然觀之我國的出版界,覺得新文學追不上新思想,換句話說,就是年來介紹創作的文學,倒有一大半只可說是在中國為新,而不是文學進化中的新文學」。〔註37〕具備了三件要素的新文學,是拿新思潮做泉源的新文學,是合乎世界上文學進化的通則的新文學,因而是名副其實的新文學。

　茅盾早期在這一層面上的進化論思想,大都是從文學的發展衍變立論,論定其主要是說文學的運動變化,大致是可以的。但似乎並非一概如此。在探討文學形式的發展時,直至 1925 年寫作《論無產階級藝術》一文時,他還堅持「機體進化」的觀點,把文藝當作生物看待,這就是在地地道道運用達爾文進化說的內容了。至少也應當說,茅盾是將達爾文的進化論移植到文藝的領域中了。在這樣一個思維過程中,茅盾所擇取的,究竟是進化論中的合理因素呢,還是不合理因素?「機體進化」論本身,用於解釋生物界,似乎沒有什麼不合理,然而用它來解釋社會現象,用它來解釋文學形式這一人類特有的精神現象,即使所借用的理論本身是合理的,結果卻是事實上的不合理。因此,依我之見,我們用於衡量早期茅盾的,不僅要看他從進化論中所取是否合理,而且要看他運用得是否合理,所得出的結論是否恰當。事實上,以「機體進化」論闡釋文學形式的進化,揭示文學形式的衍變,並不可能達到「為發展和創造中國的新文學服務」的目的。更何況,早期茅盾對社會達爾文主義(這應該是較寬泛意義上的進化論中的不合理因素)的某些觀點,也還是有所攝取的。如他一度相信社會是通過進化而向前發展的,而忽視了社會政治革命的作用。這實際上就是進化論中的消極因素、不合理因素在起作用。不錯,「茅盾從來沒有同意過『弱肉強食』的反動觀點」,他確實是反對強權政治,同情被侮辱被損害者的。然而,用進化論來解釋社會發展的社會達爾文主義中的不合理因素頗多,並不僅表現在堅持「弱肉強食」的觀點上。當然,「弱肉強食」無疑是社會達爾文主義的代表性觀點之一。但我們把社會達爾文主義的不合理因素僅僅限定為「弱肉強食」,我們的思考是不是稍稍簡單了一些?鑒於以上原因,對於「茅盾只是擇取了進化論中的合理因素,為發展和創造中國的新文化服務」的觀點,我實難苟同。雖然這種說法本身,是具備某些合理因素的,但它終究是片面的。

　對茅盾早期進化論思想的分層次分析,使我們看到了一個異常真實、異

〔註37〕見《改造》第 3 卷第 1 號。

常複雜的世界，使我們避免了分析研究中的簡單化傾向。我堅信，堅持實事求是的分層分析，所得出的結論將更加符合對象當時的實際情況。

總而言之，「進化底原則普遍於人事」，這就是茅盾觀察社會現象、人類歷史以及文藝問題所得出的結論。我們說，對於進化論，茅盾已經不是一般的津津樂道了。運用進化論觀點解釋自然現象、社會現象以及文藝現象頻率之高，涵蓋面之廣，論述之系統（這種系統性不是在一篇文章或一次講話中完成的），簡直達到了令人驚嘆的地步。說茅盾「沒有像魯迅那樣」「形成過自己的進化論觀點」，這與當時的實際情況似乎有些出入。我倒是認為，像早期茅盾那樣形成系統的進化論觀點的作家，在「五四」時期並不太多。因此，僅僅說茅盾是「也應用過『進化』這個詞眼兒」，似乎是遠遠不夠的了。

三

> 將探討進一步引向深入。茅盾早期諸多頗具影響的文學主張溯源。「為人生而藝術」實為為全人類而藝術。提倡「為人生而藝術」，倡導文學上的自然主義，主張將進化論學說直接運用於文學創作和文學批評實踐：所有這一切，都與茅盾本身的進化論思想有著某種因果聯繫。

茅盾早期的一些為人們所熟知的文學主張，無疑受到他世界觀中多種思想因素的作用。而與他的進化論思想，更是有著某種因果聯繫。

現試作如下分析——

茅盾由「因互助而得進化」，引出了「文學者表現的人生應該是全人類的生活」的結論。

我們知道，「為人生而藝術」，是茅盾早期有關文學藝術宗旨的著名主張。「文學者表現的人生應該是全人類的生活」，[註38] 這可以理解成是他對於「為人生而藝術」所作的注腳。他多次要求文學：「溝通人類感情」，「代全人類呼喊」；通過文學，「世界上不同色的人種可以融化可以調和」。[註39] 他還對文學的發展，作過如前面所引的「四個更能」的展望（請參見本書第58頁）。這一切表明：茅盾當時所說的「為人生而藝術」，實質上就是指為全人類而藝

〔註38〕雁冰：《文學和人的關係及中國古來對於文學者身份的誤認》，《小說月報》第12卷第1號。

〔註39〕同上。

術。正如有的同志在肯定「爲人生而藝術」的口號的進步意義的同時所指出的那樣：「當時的茅盾還沒有明確的階級觀點，還不能用階級觀點來觀察社會、人生。在他心目中的人生只是抽象籠統的『全人類』的生活而不是階級社會的人生。」〔註40〕這一評價非常精闢。我由此想到了另一些與此關聯的問題：當時的茅盾沒有明確的階級觀點，那他的思想是處在怎樣一種狀況中呢？究竟是受什麼思想支配，茅盾提出了「文學者表現的人生應該是全人類的生活」的主張呢？

我認爲，要回答上面的問題，必須回到他的進化論思想上去找原因。茅盾推崇克魯泡特金的「因互助而得進化」之說。他確認人類在進化過程中有著互助的因素，有著共通的情感，有著共同的心理。不僅一個民族的人們之間要講互助，而且一民族與他民族之間，也應當提倡互助。茅盾說：「我們大家近來最新的呼聲，是民族互助；從前有人以爲世界進化，是在一民族的文化普及，現在曉得辦不到了，應該各民族互助」，「靠互助而相瞭解」。〔註41〕在茅盾看來，實現世界的進化，不是靠文化普及，而是靠各民族互助。「因互助而得進化」，「靠互助而相瞭解」，這不僅使文藝「表現的人生應該是全人類的生活」具有可能性，而且也使文藝擔負了通過表現全人類的生活而促進互助的責任。正是基於這樣的認識，茅盾認爲：「文學的使命是聲訴現代的煩悶，幫助人們擺脫幾千年歷史遺傳的人類共有的偏心與弱點，使那無形中還受著歷史束縛的現代人的情感能夠互相溝通，使人與人中間的無形的界線漸漸泯滅；文學的背景是全人類的背景，所訴的情感自是全人類共通的情感……」〔註42〕在茅盾所構想的這一幅藍圖中，文學完全成了促進人類互助的工具。文學要充當這樣一種工具，那麼毫無疑問，文學者表現的也就應當是「全人類的生活」了。

「互助進化論」，是茅盾將「互助論」的觀點融入進化論以後所形成的見解，是他的進化論系統思想中的一個支脈。他的進化論思想與「爲人生」的文學觀之間的聯繫，可以簡括爲：由「互助進化」到靠互助溝通，再到文學爲全人類的人生，最終歸結爲「文學爲人生」。當然，誰也不能說茅盾「爲人生」思想的理論基礎就是進化論，唯有進化論。事實上，藝術功利主義也應當是他「爲人生」思想的理論基礎之一。但是，只要我們認眞考察一番，我

〔註40〕邵伯周：《茅盾的文學道路》第 12 頁，長江文藝出版社 1979 年出版。
〔註41〕雁冰：《近代文學的反流——愛爾蘭的新文學》，《東方雜誌》第 17 卷第 7 號。
〔註42〕雁冰：《創作的前途》，《小説月報》第 12 卷第 7 號。

們就不難發現：進化論思想和「爲人生」的文學觀之間，存在著某種事實上的聯繫。誇大這種聯繫所起的作用，既無必要也站不住腳；忽視以至否認這種確實有過的聯繫，也並不能將我們引向正確的方向。

茅盾深信人類「因互助而得進化」，而現實中人與人之間卻充滿著爭鬥和不平。茅盾的「因互助而得進化」的觀念受到了現實的有力挑戰。茅盾並沒有在冷酷的現實面前閉上自己的眼睛。這是他的可貴之處。他看到了當時中國社會的經濟凋敝，內政腐敗，兵禍，天災，苛捐，飢餓，困頓，死亡；他看到了「被損害民族」和損害他民族的民族之間的對立；他還看到了受壓迫的第四階級的存在。茅盾同情第四階級和被損害民族，支持它們「對於罪惡的反抗」。一方面是提倡互助，另一方面是同情反抗。面對嚴峻的現實，茅盾既無法將「因互助而得進化」的觀念貫徹到底，也無法將「文學者表現的人生應該是全人類的生活」的主張始終一貫地堅持下去。換一個角度看問題。在當時特定的歷史條件下，「互助論」是被當作反對封建主義的不平等制度的一種思想武器，介紹到國內來的。這件事本身，就是對封建主義制度和充滿著互害的社會現實的一種反抗，一種否定。但「互助論」並不能科學地解釋人類社會發展的歷史，也不能引導人們眞正擺脫互相戕害的局面。這又是它的局限性之所在。

茅盾由「文藝依次進化」，引出了「我以爲須得提倡文學上的自然主義」〔註43〕的命題。

在文學史的長河中，存在著形形色色的主義。人們每每感到目不暇接。對此，茅盾有一種異乎尋常的見解：「文學上某種主義一方面是指出一時期的共同趨勢，一方面是指出文藝進化上的一個段落。」〔註44〕在他看來，主義的更替體現的是文藝的進化；反過來說，某一種主義又總是能從文藝的進化途程中找到自己的位置。茅盾的這種宏觀考察，具有史的高度。依據這樣一個觀點，自然主義、寫實主義僅是文藝進化中的一個段落，在中國提倡自然主義、寫實主義，是文學進化途程本身所提出的要求，是題中應有之義。

早期的茅盾，基於「文學上的寫實主義與自然主義實爲一物」〔註45〕這樣一種認識，常常把自然主義同寫實主義相混同（這無疑是不科學的）。茅盾

〔註43〕沈雁冰：《自然主義與中國現代小說》，《小說月報》第 13 卷第 7 號。
〔註44〕雁冰：《文學作品有主義與無主義的討論──覆周贊襄》，《小說月報》第 13 卷第 2 號。
〔註45〕雁冰：《致呂芾南》，《小說月報》第 13 卷第 6 號。

提倡寫實主義自然主義，是出於對現實和人生的注重，這是問題的一個方面。另一方面，也還有進化論的思想在起作用。對這一點，似乎也不可忽視。他強調指出：「古典主義、浪漫主義、寫實主義、新浪漫主義這四件東西，是依著順序下來，造成文學進化的」，〔註46〕「這其間進化的次序不是一步可以上天的」。〔註47〕即是說，不可跨越其中的任何一個階段。這就是茅盾所認為的各國文學發展必須遵循、概莫能外的進化通則。他將中國文學同西方文學的現狀作了對照：西洋的小說已經過浪漫主義進而為寫實主義、表象主義、新浪漫主義，而我國卻還是停留在寫實主義以前。按照「依著順序下來」和「不是一步可以上天」的觀點看起來，中國文學的當務之急無疑應當是提倡寫實文學了。但在這中間，茅盾也曾有過另一種考慮：「老實講，中國現在提倡自然主義，還嫌早一些；照一般情形看來，中國現在還須得經過小小的浪漫主義的浪頭，方配提倡自然主義，因為一大半的人還是甘受傳統思想古典主義束縛呢。」〔註48〕因此，需要由浪漫主義對古典主義來一番反動。這是比照「西洋文學之往跡」而不能不產生的憂慮。然而茅盾又是識時務的。他異常通達地說：「可惜時代太晚了些，科學方法已是我們的新金科玉律。浪漫主義文學裡的別的原素，絕對不適宜於今日，只好讓自然主義先來了。」〔註49〕因此，在當時情況下，提倡自然主義，是茅盾在不違背文學進化通則的前提下根據現實狀況所實施的方針。用他自己的話來說，就是：「現代文藝都不免受過自然主義的洗禮，那麼，就文學進化的通則而言，中國新文學的將來亦是免不得要經過這一步的。」〔註50〕茅盾提倡寫實主義自然主義，也是出於對中國文學趕上世界文學進化潮流的期望。中國文學比起世界文學的進化潮流來，落後了一大截。「消遣的文學觀，不忠實的描寫方法，是進化路上二大梗，可以說是中國文學不能發展的原因」，「而要校正這兩個毛病，自然主義文學的輸入似乎是對症藥」。〔註51〕更何況，中國將來的新文學「一定要加入世界文學的路上，——那麼，西洋文學進化途中所已演過的主義，我們也有

〔註46〕《文學上的古典主義浪漫主義和寫實主義》，《學生雜誌》第7卷第9號。
〔註47〕見《「小說新潮」欄宣言》，《小說月報》第11卷第1號。
〔註48〕雁冰：《語體文歐化問題和文學主義問題的討論——覆徐秋沖》，《小說月報》第13卷第4號。
〔註49〕同上。
〔註50〕見《一年來的感想與明年的計劃》，《小說月報》第12卷第12號。本文發表時署名記者。
〔註51〕同上。

演一過之必要；特別是自然主義尤有演一過之必要……」〔註52〕由此可見，茅盾早期倡導寫實主義自然主義文學，是與他文學進化的思想密切不可分的，或者說，是他的文學進化觀所產生的必然結果。

茅盾由對進化論的信奉，到主張把進化論學說直接運用於文藝創作和文藝批評實踐。

法國自然主義文學的奠基人左拉認為，人性完全決定於遺傳，缺點和惡癖是家屬中某一成員在官能上患有疾病的結果。這種疾病代代相傳。他的這一觀點滲透於他所創作的小說作品之中。1871年，他發表了長篇連續性小說《魯貢瑪卡家族——第二帝國時代一個家族的自然史和社會史》的第一部《魯貢瑪卡家族的命運》。在由此往後的二十二年間，在《魯貢瑪卡家族》的總名下共出版了二十部小說。該系列小說具體描述了遺傳和環境對同一家族的五代人的破壞性影響，以及後代人難以逃脫的厄運。對於左拉用進化論、遺傳觀點作指導寫成的《魯貢瑪卡家族》，茅盾給予了較多的肯定。他說：「自然主義是經過近代科學的洗禮的；他的描寫法，題材，以及思想，都和近代科學有關係。左拉的鉅著《盧貢·瑪卡爾》（筆者注：今譯《魯貢瑪卡家族》），就是描寫盧貢·瑪卡爾一家的遺傳，是以進化論為目的。」〔註53〕茅盾還曾以讚揚的口吻寫道：「莫泊三的《一生》，則於寫遺傳而外又描寫環境支配個人（筆者按：如此說來，遺傳當然也是《一生》所描寫的重要內容）。意大利自然派的女小說家塞拉哇（Serao）的《病的心》（Cuore Infermo）是解剖意志薄弱的婦女的心理的。進化論，心理學，社會問題，道德問題，男女問題，……都是自然派的題材；自然派作家大都研究過進化論和社會問題，霍普德曼在作自然主義戲曲以前，曾經熱烈地讀過達爾文的著作，馬克司和聖西蒙的著作，就是一個現成的例。」〔註54〕茅盾進而要求中國的作家們：「應該學自然派作家，把科學上發見的原理應用到小說裡，並該研究社會問題，男女問題，進化論種種學說。」〔註55〕我之所以不厭其詳地引用茅盾的原文，無非是想說明下述觀點確實是茅盾當時所具有的：作家從事文藝創作，對進化論學說必須有所研究；在創作

〔註52〕 雁冰：《文學作品有主義與無主義的討論——覆周贊襄》，《小說月報》第13卷第2號。
〔註53〕 沈雁冰：《自然主義與中國現代小說》，《小說月報》第13卷第7號。
〔註54〕 同上。
〔註55〕 同上。

過程中，應把進化論作爲科學上發現的原理加以運用。而茅盾在這種場合所提及的進化論，則不是指一般的辯證和發展觀點，而是指嚴格意義上的生物進化觀點，指達爾文學說。由此觀之，論定茅盾早期的文學主張曾受到過進化論思想的影響，或者說曾打上過深深的烙印，可謂言之鑿鑿。

在文藝批評方面，茅盾十分讚賞泰納的「以進化論爲原則直接應用於文學批評」的做法。泰納認爲，人類心靈的一切產物不是由經濟基礎和社會因素決定，而是由種族、環境、時代三個因素（特別是前兩個因素）決定的。他所說的種族因素是指人類先天的遺傳性（每個民族都有自己的遺傳性，不僅有生理上的遺傳，而且還有精神上的遺傳）。他的「三要素」論是在達爾文的生物進化論的影響下形成的，強調人的生理遺傳性，對自然主義流派的形成產生了巨大的影響。茅盾在對文藝問題進行考察時，在進行具體的文藝批評時，也很注重遺傳的因素。他既從達爾文的學說中直接受到了啓迪，又從泰納的「三要素」論中受到了薰陶。1922 年 10 月，他在一則《通信》中說：「同一種族，同負數千年的歷史的遺傳，同在一般的環境中，應該彼此同具一般的國民性，做出來的創作，亦應該會有這國民性，也就是他的同國人應該看得懂，而且能瞭解的。」〔註56〕他在談及國民性這一命題時著重強調了兩點：一是民族生存環境的共同性，一是民族的歷史遺傳性。這後面一點，與泰納的論述是完全合拍的。茅盾和泰納共同聯繫著達爾文的進化說。茅盾在《被損害民族的文學背景的縮圖》中，把屬於何種人——〔民族遺傳的特性〕作爲「在這幅『縮圖』裡，我們要特別注意」的三點中的開首第一點。〔註57〕在《文學與人生》中，茅盾對泰納的「三要素」論基本上也還是肯定的（當然也作了重要補充）。茅盾在文中得出的最後結論是：「凡要研究文學，至少要有人種學的常識，至少要懂得這種文學作品產生時的環境，至少要瞭解這種文學作品產生時代的時代精神，並且要懂這種文學作品的主人翁的身世和心情。」〔註58〕從文章的基本精神來看，茅盾對泰納的在達爾文生物進化論影響下形成的「三要素」論，未作根本性的改造就加以運用了。再與前面提到的「縮圖」聯繫起來，我們能深深感受到達爾文學說對茅盾的影響。茅盾將進化論學說延伸到了自己的文學理論研究和文藝批評實踐中。

〔註56〕雁冰：《致允明》，《小說月報》第 13 卷第 10 號。

〔註57〕見《小說月報》第 12 卷第 10 號。

〔註58〕此文爲在松江第一次暑期學術演講會上的演講稿，載《學術演講錄》第 1 期（1923 年出版）。

而他所選擇的突破口，就是人種和遺傳。他在《文藝批評雜說》中，詳盡地介紹了泰納的文藝批評方法，並稱道它是「正當而且精密的」，特別是對於糾正中國文藝批評中「痴人說夢式的全然主觀的批評論和謹奉古代典型而不敢動這二點」，更是「有益的方法」。〔註59〕正因爲如此，茅盾當時「最信仰泰納（Taine）的純客觀批評法」，認爲「此法雖有缺點，然而是正當的方法」。〔註60〕當然，茅盾此處對泰納「純客觀批評法」的讚嘆，完全是由存在於當時文壇的「『渾覺』的批評法」觸發的。那是一種什麼樣的批評法呢？茅盾並沒有加以解釋，當是一種主觀隨意性很大的、痴人說夢式的、混沌而不著邊際的批評吧？茅盾痛恨這種批評：「『渾覺』的批評實際上等於不批評。」〔註61〕正是有了兩種批評的鮮明對比，因此茅盾慨然讚嘆泰納的「純客觀批評法」。但誰能說這讚嘆之中就不包含著茅盾潛意識層次中對泰納「以進化論爲原則直接應用於文學批評」的做法的認同呢？

四

進化論思想與民主主義、愛國主義是不同範疇中的概念，相互之間並不矛盾。作爲民主主義者和愛國主義者的早期茅盾，同時又是進化論的信奉者。幾句題外話。

現在讓我們再回到本章開頭的話題上來。茅盾晚年說，從《一九一八年之學生》中，「可以見到我當時的愛國主義和民主主義思想的端倪」。〔註62〕我想，如果這個說法可以成立的話，那末也許可以說，這篇文章中的進化論思想，已經是「嶄露頭角」了。在這篇文章中，茅盾運用進化論思想，對二十世紀的時代特點作出了概括。而在此後的幾年中，茅盾更是形成了自己的一整套進化論觀點。

看來，晚年的茅盾是把自己早期（主要是指「五四」時期）的思想，概括到民主主義和愛國主義的範疇中去的。這當然是完全可以的。但有必要指出：晚年的茅盾對自己早期所受的進化論思想的影響，尚缺乏足夠的估計。本書所列舉的大量事實和材料已經足以說明這樣一點：進化論思想一度曾在

〔註59〕 見《時事新報·文學旬刊》第 51 期。
〔註60〕 雁冰：《致王晉鑫》，《小說月報》第 13 卷第 4 號。
〔註61〕 同上。
〔註62〕 茅盾：《我走過的道路》（上）第 127 頁，人民文學出版社 1981 年出版。

早期茅盾的思想中佔據過主導的地位。佔主導地位，是說它發揮過支配的作用，曾在早期思想的各個構成側面以至整個早期思想的發展過程中，發生過可以影響和左右全局的作用。毫無疑問，在茅盾的早期思想中，進化論思想曾經發揮過這樣的作用。既然如此，像茅盾晚年那樣輕描淡寫地說「進化論，當然我研究過，對我有影響」，似乎分量就不夠了。僅僅是「研究過」嗎？僅僅是一般地接受影響嗎？看來並非如此。

依我之見，進化論思想與民主主義、愛國主義並不矛盾。只不過前者（進化論）所涉及的是歷史觀，而後者（民主主義、愛國主義）則是指政治觀。對於「五四」時期的茅盾來說，民主主義和愛國主義的政治觀以進化論思想爲利器；進化論思想幫助和促進了民主主義、愛國主義政治觀的貫徹。茅盾不是認爲「因互助而得進化」這話最不錯嗎？他的民主主義就與這種經過了加工改造的「進化說」有關。按照這種觀點，人與人之間、民族與民族之間，理當是互助的；但現實中卻不乏損害、侮辱別人的人，不乏損害、侮辱他民族的民族。茅盾不滿於這種現實，「同情第四階級」，呼喚德謨克拉西，期望通過社會革新來達到「互助」的至善境界。在這樣的社會裡，人與人、民族與民族之間，「靠互助而相瞭解」，「世界上不同色的人可以融化可以調和」。這就是茅盾早期（說得更確切些，是「五四」時期）的與進化論思想相聯繫的民主主義。因此，作爲愛國主義和民主主義者的早期的茅盾，同時又可以是一位進化論的信奉者。這就像早年的魯迅，從一個角度看是邀進的民主主義者，從另一個角度看則是進化論者。茅盾和魯迅兩者之間的情形是相似的。

如果我們從多角度看早期茅盾，我們將會發現，茅盾其時有著多重思想：不僅有政治觀方面的愛國主義和民主主義，歷史觀方面的進化論以及歷史辯證法思想，而且也還有人道主義思想。他曾經毫不含糊地宣稱過：「近代文學是平民化的。」〔註63〕文學「唯其是爲平民的，所以要有人道主義的精神」。〔註64〕他同情被損害的民族，同情被損害者的第四階級，譴責爲聖君賢相歌功頌德的文學，呼喚平民的文學、國民的文學、民眾的文學。這些言論和舉動在當時無疑是極爲可貴和值得肯定的，但終究沒有超出人道主義的範圍。當然，這一時期，茅盾還初步接觸了馬克思主義。正如本書第三章將要講述

〔註63〕玄：《雜談——文學與常識》，《時事新報·文學旬刊》第 36 期（1922 年 5 月 1 日）。

〔註64〕郎損：《新文學研究者的責任與努力》，《小說月報》第 12 卷第 12 號。

的，馬克思主義對茅盾早期思想的影響是絕不可稍稍忽視的。上述思想因素以及其他種種思想因素綜合起來，互相滲透，互相影響，互相制約，才成其為茅盾的活生生的早期思想，才成其為符合當時實際的茅盾早期思想。考察茅盾這一時期的思想，有兩點值得特別注意：一是複雜性。出於改造社會的迫切願望，茅盾接受了各種進步思想。這些進步思想中，有的在當時有一定的進步意義，但同時也帶有很大的局限性；有的原本就有較大的偏頗；而馬克思主義則是無產階級的共產主義世界觀的最完整的理論形態，是無產階級根本利益的科學表現，「是全世界無產階級的最正確最革命的科學思想的結晶」。〔註65〕再就茅盾接受各種外來思想的狀況看，應當說也呈現出了複雜性。對於馬克思主義，他是接觸之後逐步地建立了信仰，但由信仰馬克思主義到以馬克思主義為世界觀和方法論來觀察、處理各種問題，畢竟要有一個時間跨度。關於這一點，我們將在後面詳述。對於尼采的學說，茅盾進行了批判和揚棄。可以說，在這過程中，茅盾的批判意識顯得特別明顯，去其糟粕取其精華的分寸也掌握得特別好。而在有些外來的思想學說面前，例如對於自然主義文學思潮，茅盾是有所批判的，但接受多於批判。而對有些外來思潮，茅盾則基本上沒有從根本上進行過批判，當然按自己的需要和理解也作過某些加工改造。例如他對於進化論學說，對於人道主義思潮就是這樣。由於以上這些原因，茅盾的早期思想就必然顯現出複雜性。如果我們忽視了複雜性，我們所得出的結論勢必不符合茅盾當時的思想實際。二是獨特性。茅盾的早期思想，是有自己鮮明的個性特點的。就接受馬克思主義思想而言，茅盾就有自己特有的社會實踐和個人經歷，這是與茅盾同時代的其他進步文學家所不具備的。就人道主義思想而言，茅盾與魯迅、周作人等人比起來，是同中有異的。這一部分的內容，請參見本書第二、三章。

這裡，我想稍稍花些筆墨，分析一下茅盾和魯迅在信奉進化論方面所表現出的差異，以說明茅盾早期思想的獨特性。早期茅盾和前期魯迅一樣，都篤信過進化論。魯迅是在南京求學時從《天演論》中接受進化論思想的。他當時被該書深深吸引住了，「一有閒空，就照例地吃侉餅、花生米、辣椒，看《天演論》」。〔註66〕簡直達到了愛不忍釋的地步。進化論很快進入了魯迅的

〔註65〕見《毛澤東選集》合訂一卷本第 1004 頁。
〔註66〕魯迅：《朝花夕拾‧瑣記》，《魯迅全集》第 2 卷第 296 頁，人民文學出版社 1981 年出版。

早期思想，並成了他早期思想的主導方面，從而形成了觀察認識人類社會和現實問題的獨特思路。對於早期的思想和創作，魯迅後來回憶道：「那時候（指1907 年前後），相信精神革命，主張個性解放，簡直是浪漫主義，也還是進化論的思想。」〔註67〕魯迅和茅盾在走上社會以後最初都以達爾文學說爲基礎，形成了發展進化的歷史觀和唯物主義自然觀。茅盾以進化論思想看宇宙，看到了宇宙的發展變化，看到了「星系生活」的進化。魯迅用進化論思想看宇宙，看到的是「吐故納新」、「敗果既落」、「新葩吐艷」的景象。魯迅進而指出，事物的發展進化，「自卑而高，日進無既」。〔註 68〕由低級到高級，沒有止境；事物的這種發展進化又不是直進的，「常曲折如螺旋，大波小波，起伏萬狀，進退久之而達水裔」。〔註69〕兩位文化巨人在自然觀方面的見解和闡述有著異曲同工之妙。

但他們同是建立在進化論基礎上的發展進化的歷史觀，差異就比較大了。茅盾較多地保留了社會達爾文主義的「優勝劣敗」的理論框架和軀殼，而將「物競天擇」中的「競」和「擇」，改造成了在文明潮流面前「競」，受文明進化潮流「擇」。魯迅對於社會達爾文主義，則是根本否定的：

> 蓋獸性愛國之士，必生於強大之邦，勢力盛強，威足以凌天下，
> 則孤尊自國，蔑視異方，執進化留良之言，攻弱小以逞欲，非混一
> 寰宇，異種悉爲其臣僕不慊也。〔註70〕

這段文字，難道不能看作對「執進化留良之言」的社會達爾文主義者的批判嗎？魯迅絕不同意「進化留良之言」。他寄希望於青年：「將來必勝於過去，青年必勝於老人」。〔註71〕魯迅並不是沒有看到壞青年的存在。例如，他在1918年 8 月 29 日致許壽裳的信中就說過：「而今之青年皆比我輩更爲頑固，眞是無法」。七年後，他又說道：「我自問還不至於如此之昏，會不知道青年有各式

〔註67〕馮雪峰：《回憶魯迅‧觸到他自己的談話之二》，轉引自唐達暉《魯迅前期思想及尼采》（見天津人民出版社 1980 年出版的《論魯迅前期思想》一書）。
〔註68〕魯迅：《墳‧人之歷史》，《魯迅全集》第 1 卷第 8 頁，人民文學出版社 1981年出版。
〔註69〕魯迅：《墳‧科學史教篇》，《魯迅全集》第 1 卷第 25 頁，人民文學出版社 1981年出版。
〔註70〕魯迅：《破惡聲論》，《魯迅全集》第 8 卷第 23 頁，人民文學出版社 1981 年出版。
〔註71〕魯迅：《三閒集‧序言》，《魯迅全集》第 4 卷第 3 頁，人民文學出版社 1981年出版。

各樣。」〔註72〕既然如此，魯迅爲什麼還堅持「青年必勝老人」的觀點呢？這就不能不追溯到赫胥黎的倫理過程理論和進化論學說對他的影響了。他以爲，社會的進化發展將是「倫理上最優秀的人得以繼續生存」，而「中國的老年，中了舊習慣思想的毒太深了，決定悟不過來。譬如早晨聽到烏鴉叫，少年毫不介意，迷信的老人，都總須頹唐半天，雖然很可憐，然而也可無救」。〔註73〕他心中有一種估量：「以爲壓迫，殺戮青年的，大概是老人。這種老人漸漸死去，中國總可以比較地有生氣」。〔註74〕再則，按照進化論的觀點，生命的進化是一種前進的、向上的、漸變的持續發展過程。所以，「後起的生命，總比以前的生命更有意義，更近完全。因此也更有價值，更可寶貴；前者的生命，應該犧牲於他」。〔註75〕至於說青年中的壞人，那畢竟只是極少數。而「歷史結帳，不能像數字一樣精密，寫下許多小數，卻只能學粗人算帳的四捨五入法門，記一筆整數。」〔註76〕這樣，青年中雖有壞人，也就可以不計了。他相信隨著時間的推移，社會總是越進化，越優化，越合理，人也總是越進化，越優化，越進步。這倒似乎更合乎達爾文學說原先的面貌。魯迅的這種信念，與他一個時期中的社會理想是緊密相聯的。魯迅從進化論的以幼者爲本位的觀點出發，提出：「先從覺醒的人開手，各自解放了自己的孩子。自己背著因襲的重擔，肩住了黑暗的閘門，放他們到寬闊光明的地方去；此後幸福的度日，合理的做人。」〔註77〕如果魯迅的理想果能實現的話，青年不就勝過老人了嗎？然而，社會的經濟基礎、生產關係若不改變，社會的政治經濟制度若不改變，「各自解放了自己的孩子」，這些孩子們「幸福的度日，合理的做人」能辦到嗎？魯迅當時的理想，其實只是不切實際的空想。只要他的思想稍稍向前發展一步，這種幻想就會被他自己擊破。以後的事實清楚地證明了這一點。

　　魯迅又將進化理解和解釋爲新陳代謝。請看他的這樣一段論述：

〔註72〕魯迅：《集外集拾遺‧聊答「……」》，《魯迅全集》第 7 卷第 248 頁，人民文學出版社 1981 年出版。

〔註73〕魯迅：《墳‧我們現在怎樣做父親》，《魯迅全集》第 1 卷第 129 頁，人民文學出版社 1981 年出版。

〔註74〕魯迅：《而已集‧答有恒先生》，《魯迅全集》第 3 卷第 453 頁，人民文學出版社 1981 年出版。

〔註75〕同註 73。

〔註76〕魯迅：《熱風‧隨感錄五十九「聖武」》，《魯迅全集》第 1 卷第 354 頁，人民文學出版社 1981 年出版。

〔註77〕同註 73。

> 我想種族的延長，——便是生命的連續，——的確是生物界事
> 業裡的一大部分。何以要延長呢？不消說是想進化了。但進化的途
> 中總須新陳代謝。所以新的應該歡天喜地的向前走去，這便是壯，
> 舊的也應該歡天喜地的向前走去，這便是死；各各如此走去，便是
> 進化的路。〔註78〕

進化表現爲新陳代謝，這沒有錯。新戰勝舊，這是一種無庸置疑的必然趨向。
問題在於：舊的東西決計不可能歡天喜地向著死亡走去。

總而言之，茅盾與魯迅的建立在進化論思想基礎上的社會發展觀和歷史
發展觀，其主體並不一樣。茅盾試圖以世界文明潮流的抉擇，從外部來激起
民族爲「立」而奮鬥，免於「敗」，免於被淘汰的結局。魯迅則將希望寄於進
化過程本身，相信進化過程中內在的向上和向前的因素的增長。他將希望寄
於落後的、保守的老人的漸漸死去和最終絕跡，寄希望於進化過程中的人類
倫理道德的完善和提高。

茅盾和魯迅都論及過尼采的「超人」說。魯迅一度誤以爲尼采所說的「超
人」體現了人類進化的理想。他說：「尼采式的超人，雖然太覺渺茫，但就世
界現有人種的事實看來，卻可以確信將來總有尤爲高尙尤近圓滿的人類出
現。」從行文看，魯迅對尼采所說的超人並沒有完全否定。他是從世界現有
人種的事實，來推斷將來總會有「尤爲高尙尤近圓滿的人類出現」的。對於
人種的過分注重，使他實際上並沒有與尼采式的「超人」說拉開距離。茅盾
對尼采的「超人」說先作了一番介紹：

> （尼采）很膽大的定下一個進化的定義，便是利用，傷害，征
> 服，壓迫異己者，他說，這等字面雖然難聽，然而自然的法則，的
> 確是如此；人類以前的進化，的確是從來如此，人類以後的進化，
> 也要走上這條路，才算合了正軌。〔註79〕

> 從前達爾文說，人是由動物進化而來，現在尼采也說，將來的
> 人，也要從現代進化而去……但現代人進化到將來的超人，究竟循
> 何法則呢，尼采便說是循「權力」的法則……〔註80〕

〔註78〕魯迅：《隨感錄四十九》，《魯迅全集》第1卷第338頁，人民文學出版社1981
年出版。
〔註79〕雁冰：《尼采的學說》，《學生雜誌》第7卷第1號。
〔註80〕同上。

在此基礎上，茅盾對尼采的以「超人主義」為核心內容的進化論作了兩面觀。
他批評尼采過分稱揚強權：「以為強權是人類進化的階段，未免錯了」。但他
又肯定了尼采的某些觀點：「他說人類生活中最強的意志是『向權力』不是求
生，實在有些意思。我們誰能說人類只是求能生活便心滿意足呢？」〔註81〕
茅盾對尼采所說的進化趨向——超人——的根本觀點，似乎未置可否（而聯
繫到別處的文字例如對克魯泡特金「互助進化」說的推崇的文字來看，他實
際上是否定尼采的以「超人」說為核心的進化說的），又特別否定了尼采學說
中的張揚「向權力」的部分。看來，在論及尼采的「超人」說的過程中，茅
盾所作的否定比魯迅更多。

　　茅盾和魯迅都談到過「互助」的問題。魯迅在《隨感錄六十四·有無相
通》中曾經提出：「改良點自己，保全些別人；想些互助的方法，收了互害的
局面罷！」在這裡，魯迅面對互害的局面，痛感互助的重要。但看來他並沒
有用互助來解釋進化，用互助來推動進化。也可以說，他所說的「互助」，並
不就是克魯泡特金的「互助論」，並不屬於魯迅的進化論思想所涵括的內容。
而茅盾的情況就不同了。他的進化論思想，則吸取了克魯泡特金的「互助論」
的某些思想成分。他將「互助論」納入了進化論的總體軌道。由於這個原因，
其進化論得以與人道主義思想相貫通。

　　在魯迅的前期思想中，進化論曾經是其中的極為重要的思想因素。在茅
盾的早期思想中，進化論也佔有十分重要的地位。茅盾甚至以此來解釋宇宙
間的一切，使它具有驚人的涵蓋面。有時，茅盾對進化論的理解不免過於寬
泛，運用上顯得漫無邊際。他所說的進化論，是一種嚴格意義的進化論和泛
進化論的混雜。魯迅在使用進化論概念的時候，就沒有將它作漫無邊際的延
伸，沒有將宇宙生成變化、婦女解放等等問題都放到進化論的大簍筐裡，也
沒有將文學的發展問題一味納入進化論的軌道。魯迅所說的進化論，往往是
較為嚴格的意義上的進化論。可見，茅盾和魯迅所使用進化論概念，在內涵
方面是不完全一樣的。

　　綜上所述，同是進化論的信奉者的早期茅盾和前期魯迅，在與進化論緊
緊相關的許多問題上，他們的見解又有著諸多差別。這些差別是客觀存在的。
正是這些差別的存在，使他們在大體一致之中表現出了各自的特點。我僅僅
是試圖說明兩位偉人的各自的特點，無意在他們之中硬分高下。事實上，在

─────────────

〔註81〕雁冰：《尼采的學說》，《學生雜誌》第 7 卷第 1 號。

進化論的問題上，我們也確實難以在兩人中分出孰高孰低來。

說進化論在茅盾早期思想中佔有重要的地位，這並不意味著否定或排斥馬克思主義在茅盾早期思想發展中的作用。茅盾接受馬克思主義，馬克思主義在茅盾的早期思想中取得統治地位，表現為一個過程。經過了若干年的艱難的思想跋涉，茅盾的早期思想發生了質變。這個轉變，絕不是在一夜之間完成的。在這個過程中，進化論思想在茅盾早期思想中所佔據的主導地位，逐漸為馬克思主義所取代。

至於說論述茅盾早期思想的發展歷程，這樣的任務當由專章來承擔。

寫到這裡，我仍然覺得意猶未盡。我不由得想到一個問題：研究茅盾的早期思想，究竟應當以什麼為依據？茅盾晚年的回憶錄，固然是可供參考的材料，而且是極其重要的材料。它有利於研究者藉助於茅盾晚年的眼光來看早期的茅盾，有利於研究者在把握茅盾的整個心靈歷程的過程中來把握茅盾早期的思想。從這個意義上說，茅盾本人晚年的回憶錄，是我們從事茅盾早期思想研究的珍貴材料。但我覺得，即使如此，本人的回憶錄不應當成為研究者研究茅盾早期思想的出發點和唯一依據。研究者所做的工作，不應當只是按回憶錄所提出的結論去搜尋材料，然後回過頭來加以印證或發揮。為了印證結論而尋找幾個例子、幾段論述，這是不難辦到的事情。細心的考察將會使我們有如下發現：茅盾晚年的回憶錄中所引用的材料，所提供的結論，間或也有與當時實際情況相左的現象。造成這種現象，原因是多方面的。一是相隔久遠，印象和記憶難免會出現差錯。二是用晚年的眼光來打量早年的自己，用晚年的心理去追溯自己當年的心理，這種眼光和心理代表了茅盾晚年的思想高度，帶有晚年的情感色彩。這也是完全正常的。哪一個人晚年所寫的回憶錄都可能這樣。重要的問題不在於深究相左的原因，而在於研究這樣一個問題：回憶錄所提供的材料和結論一旦與事實情況相左，作為研究者，我們該怎麼辦？是依從回憶錄，而否定當時的原始材料呢，還是尊重當時的原始材料，而對本人的回憶錄進行審慎的分析琢磨？我覺得，還是以採用第二種方法為好。我們只能憑原始材料說話，這是沒有辦法的事情。茅盾一生是尊奉歷史主義的。根據歷史材料和歷史事實說話，使對茅盾早期思想的研究盡可能地符合歷史的原貌，這樣做本身，也就包含著對茅盾尊重和崇敬的意思在內。如果茅盾在九泉之下而有知的話，他一定是會歡迎和支持我們的這樣一種態度的。

第二章　「從魏晉小品、齊梁辭賦的夢遊世界伸出頭來」以後
——茅盾早期的人道主義思想及其文學觀

一

人道主義略述。「五四」時期——人道主義在中國盛行的時期。茅盾早期曾經熱衷於提倡人道主義。人道主義曾是茅盾早期思想的重要構成部分。對此，很少有人作過系統研究。迴避人道主義問題，我們將無法在茅盾早期思想的殿堂中探幽入微、得其真諦。

十四世紀至十六世紀，歐洲文藝復興時期的進步思想家，為了擺脫經院哲學和宗教統治的束縛，舉起了人道主義的旗幟，提倡關懷人、尊重人、以人為中心的世界觀，反對禁慾主義，宣揚個性自由。人道主義在當時的反封建鬥爭中發揮了巨大的作用。到了十八世紀，法國資產階級革命時期，啓蒙運動的思想家們進一步把人道主義的原則具體化為「自由、平等、博愛」的口號。這一口號在反封建的整個資產階級革命中發揮了有力的動員作用。

「五四」時期，人道主義的紅帆船駛入了中國的港灣。一批憂國憂民的先覺者，接過了人道主義，把它當作與超穩定的中國封建社會展開鬥爭的思想武器。這是在當時的社會條件下他們所能做的正確選擇之一。

中國的「五四」時期，與歐洲的文藝復興時期和啓蒙運動時期有著某些

相似之點。文藝復興是歐洲文藝和思想發展的一個重要時期；而「五四」時期則是近現代中國文化和思想發展的一個重要時期。在十四至十六世紀的歐洲，人們普遍深深感到人的個性受到禁慾主義、宗教觀和封建思想的束縛和禁錮。封建的制度和觀念，已經嚴重地阻礙了社會的發展和人的發展。「五四」時期的中國也是如此。封建主義的統治的實質，可用「存天理，滅人欲」一語道破。封建禮教和封建秩序扼殺了人的個性，剝奪了人的生存權利。如同歐洲十八世紀需要啓蒙運動一樣，當時的中國也在呼喚一場啓蒙運動，亟待用進步的思想學說，打破由長期的封建思想統治所造成的蒙昧狀態。而人道主義則是在文藝復興時期正式形成並在啓蒙運動中發生了餘威的一股思潮。由於「五四」時期存在著適宜於引進人道主義的土壤，因此，人道主義在「五四」時期的中國盛行，實在是順理成章的事情。

在「五四」新文化運動的一大批鬥士中，大力提倡人道主義思想的，茅盾當是在數的一個。茅盾的散見於報刊的大量論述，有力地證明了這樣一點：早期茅盾是一位西方人道主義的信奉者。他的人道主義思想，既影響到其政治觀，使政治觀變得豐富複雜；又影響到其文學觀，使文學觀的某些方面時時顯出人道主義的色彩。應當說，茅盾早期具有人道主義思想，這是一個無可爭議的事實。然而，對此還很少有人作過稍稍系統一些的研究。這是一件令人遺憾的事情。而如果我們迴避了人道主義，那麼，茅盾早期思想中的一些難解的問題，就會無從解釋，或者無法說清，我們就將難以從他早期思想的大千世界中得其真諦。相反，那些難解的問題就可能迎刃而解。

二

茅盾早期的文學活動，是在人道主義的起跑線上起步的。凡是西方人道主義所具有一般特徵，在茅盾的早期人道主義思想中都是具備的。人道主義在茅盾早期思想中無疑曾佔過很大的比重。

如果我們把茅盾 1920 年 1 月改革《小說月報》，作為他文學生涯的正式起點的話，那末，可以說，茅盾的文學活動是從人道主義的起跑線上起步的。在改革後的第一期《小說月報》（即第 11 卷第 1 期）上，茅盾以「冰」的筆名發表了《新舊文學平議之評議》的文藝短論。文章明確提出：新文學「唯其為平民的，所以要有人道主義的精神」。這是茅盾走上文學道路之後，以人道主義的口號相號召的第一次。此後，茅盾關涉人道主義的論述頗多，散見於

他的通信、言論和文藝論文之中。根據茅盾當時的思想情況來看，凡是西方人道主義所具有的一般特徵，在茅盾早期的人道主義思想都是具備的。

一是鼓吹普遍和永久的人性。人道主義是文藝復興時代西方資產階級為反封建、反教會而提出的一個口號。它的思想核心是人性論。人性論反對封建制度和封建道德對個性的束縛，提倡個性解放。這種理論離開人的社會性和階級性去解釋人的本質，宣揚各個階級的人有著天生的固定不變的共同本性。早年的茅盾，也篤信存在著這種共同的永久的人性。他嘲諷「我國古來的文學者」「只曉得有古哲聖賢的遺訓，不曉得有人類的共同情感」。〔註1〕他要求文學取「全人類的背景」，訴「全人類共通的情感」。〔註2〕他希望文學家「在非常紛擾的人生中搜尋永久的人性」。〔註3〕看來，他對「永久的人性」的存在是毫不懷疑的；他之所以認為要「搜尋」，只是因為「非常紛擾的人生」遮掩了「永久的人性」。之後，他又著重強調：「我覺得文學作品除能給人欣賞外，至少還須含有永存的人性，和對於理想世界的憧憬」。〔註4〕他所憧憬的理想世界，每每是和「永存的人性」聯繫在一起的。茅盾還試圖以著名作家的傳世之作，來證明文學描寫「永久的人性」的重要。在發表於 1922 年 12 月的《今年紀念的幾個文學家》中，當談到莫里哀的時候，他先自己設問：「為什麼莫利哀的作品到現在還是新鮮而有活氣？」緊接著又自己回答：「這一句問話不難回答的。因為莫利哀所描寫的人性是人類永久的性格」。〔註5〕從而把莫里哀作品的經久不衰的生命力，一古腦兒地歸到了對於人類「永久的人性」的描寫上。

二是倡導獨立的、高尚的人格。眾所周知，封建統治階級的累累罪惡之一，是扼殺人的價值。資產階級人道主義反其道而行之，針鋒相對地強調人的尊嚴，強調獨立的人格。茅盾早期在反封建鬥爭中形成的人道主義思想，毫不例外地也具有這種特點。他在《介紹外國文學作品的目的——兼答郭沫若君》一文中，針對當時社會中這樣一種「極普遍的人生」——「平常兩個

〔註1〕郎損：《文學和人的關係及中國古來對於文學者身份的誤認》，《小說月報》第12卷第1號。

〔註2〕雁冰：《創作的前途》，《小說月報》第12卷第7號。

〔註3〕見《一年來的感想與明年的計劃》，《小說月報》第12卷第12號，署名記者。

〔註4〕雁冰：《介紹外國文學作品的目的——兼答郭沫若君》，《時事新報·文學旬刊》第45期（1922年8月1日）。

〔註5〕見《小說月報》第13卷第12號。

人在路上無心的碰一下，往往彼此不相諒，立即互相辱罵毆打，然而他們低了頭一聲不響地忍受軍閥惡吏的敲剝」──曾經痛心疾首地說：「我以為現在我們這樣的社會裡，最大的急務是改造人們使他們像個人」。〔註6〕如何把「不像人樣的人」改造得「像個人」呢？他寄希望於「血和淚」的文學，以此為詛咒反抗的工具，抗議社會的腐敗，「刺激將死的人心」。究其實，茅盾的這種主張和希冀，並沒有越出西方人道主義的範圍。對於獨立人格的倡導，我們還可以從茅盾寫得更早一些的文章中找到其思想蹤跡。早在 1917 年 12 月，茅盾在他的第一篇政治論文《學生與社會》中，就號召處於學生時代的青年，「尤須有自主心，以造成高尚之人格，切用之學問，有奮鬥力以戰退惡運，以建設新業」。〔註7〕後不久他又在《一九一八年之學生》一文中說：「今所謂新思想，如個性之解放也，人格之獨立也，重界限與職分也。是皆應用學術之利器，吾人素所缺乏者也。吾學生其掃除舊渣滓，留清白之腦海以受之乎」。〔註8〕而他自己，確實也是將西方傳入的資產階級人道主義思想，視作利器「以受之」的。

三是宣揚「平等」與「博愛」。西方人道主義的大旗上，大書著：「自由、平等、博愛」。早期的茅盾，在《縫工傳》中讚揚縫工出身的胡耳門、鞋匠出身的喬治·福克思道：「二人者，同一仁愛為懷，同一濟物為心。」〔註9〕他之所以為胡耳門、喬治·福克思作傳，顯然是為著張揚他們所具有的「仁愛為懷」、「濟物為心」的精神。他介紹的是異國的「窮巷牛衣之子」的事跡，闡明的是「王侯將相無種，丈夫貴能自主」的命題，謳歌和宣揚的是人道主義的平等的精神。這也許是早期茅盾人道主義思想的最初流露。茅盾以後就婦女問題撰寫了一系列論文。這些論文也一再奏出了人道主義的樂音。茅盾多次談到這樣一種基本思想：婦女解放「是根據人類的平等思想來的」，「現在要解放，就是要恢復這人的權利，使婦女和男人一樣，成個堂堂底人，並肩兒立在社會上，不分個你高我低」。〔註10〕或許可以說，這種「人類的平等思想」是他的婦女觀的出發點和歸宿。正因為如此，他對愛倫凱抱有特別的好感。愛倫凱是瑞典的一名著名的女權主義者。茅盾在介紹愛倫凱的「母性

〔註6〕 見《時事新報·文學旬刊》第 45 期（1922 年 8 月 1 日）。
〔註7〕 見《學生雜誌》第 4 卷第 12 號。
〔註8〕 見《學生雜誌》第 5 卷第 1 號。
〔註9〕 見《學生雜誌》第 9、10 號。
〔註10〕 佩韋：《解放的婦女與婦女的解放》，《婦女雜誌》第 5 卷第 11 號。

論」的時候，難以自抑地寫下了這樣一番溢美之辭：「愛女史對於婦女解放的
意見，是以一個愛字做中心，這愛不是世俗所稱的戀愛（偏多於肉體而偏少
於靈魂方面），乃是一件至大至剛，至醇至潔，靈肉調一的精神，施到行為上，
便是利他和利己的諧和。」〔註11〕愛倫凱所提倡的「愛」，其實是一種「泛愛」；
將「泛愛」施及一切人，按茅盾的理解，這便可以實現「利他和利己的諧和」。
對於愛倫凱「以一個愛字做中心」的見解的讚揚，難道不也就是茅盾本身的
資產階級人道主義的集中體現嗎？

　　茅盾推崇愛倫凱的體現了至大至剛、至醇至潔精神的愛，推崇胡耳門和
喬治·福克思所體現的仁愛。而無抵抗主義與「愛」有著千絲萬縷的聯繫。
那末，茅盾又是怎樣看待無抵抗主義的呢？我們知道，無抵抗主義是托爾斯
泰的一個思想主張。「耶穌底意思教人不可用武力來還待武力，托爾斯泰的
意思是以為武力不能加於任何人，哪怕是勸化極惡的惡人，也不可用強迫佢
教人用理想來征服武力，人用武力來壓迫你的理想時，你仍舊要用理想去征
服，而且他以為到你因此而死的時候你的理想一定大勝利了」。〔註12〕茅盾
對托爾斯泰的無抵抗主義，作了相當準確的闡釋。張聞天當時曾在《無抵抗
主義底我見》一文中，發表議論說，無抵抗主義是實現愛底最大的道路。茅
盾不同意張聞天的基本觀點，因而撰寫了《無抵抗主義與「愛」》一文與張
商榷。茅盾毫不含糊地表示，根本反對「無抵抗主義是要實現這種愛的最大
道路」這種說法。但正如他自己所說，他「不是反對無抵抗主義本身，是反
對無抵抗主義應用的範圍」。〔註13〕茅盾認為，無抵抗主義「與馬克斯主義，
無政府主義等等，絕對地不同」。〔註14〕「馬克斯主義和無政府主義等等」，
可以是理想，而無抵抗主義僅僅是方法和手段。如果在方法和手段的範疇中
應用無抵抗主義的概念，茅盾是可以接受的；而如果將無抵抗主義誇大為實
現「愛」的最大的道路，茅盾就予以反對。由此看來，茅盾當時對托氏的無
抵抗主義總體上還是贊同的。如同托氏的無抵抗主義通向人道主義一樣，茅
盾對托氏無抵抗主義的基本肯定，無疑也是和他當時的人道主義思想緊密相
聯的。

〔註11〕雁冰：《愛倫凱的母性論》，《東方雜誌》第 17 卷第 17 號。
〔註12〕冰：《無抵抗主義與「愛」》，1921 年 7 月 5 日《民國日報·覺悟》。
〔註13〕同上。
〔註14〕同上。

　　稍後，在茅盾和張聞天之間，又發生了關於人格問題的爭論。張聞天認爲，要實行「馬克斯的社會主義學說」，客觀上需要我們的人格「超出常人以上」；而「現代的人，竟無人格而言」。對此說法，茅盾大爲不滿。茅盾在《「人格」雜感》一文中直率地說：「我們如果先存了個『人是惡的』這個念頭，去觀察世人，便覺得『現代人毫無人格之可言』了……要說人類是惡，惟有先說自己是惡。」〔註15〕顯然，茅盾是不願認可「人是惡的」這種先入之見的。綜觀全篇，我認爲，茅盾極力否定的是「超人道德」，是那種只將自己排除在外的「現代人竟無道德可言」的說法，是戴了藍色眼鏡看人因而把人都看成惡的這樣一種做法。茅盾對陀斯妥耶夫斯基的「己與人要說是有罪，就都有罪，要說是無罪，就都無罪，在己看來，人人是無罪的」〔註16〕這樣一種超人道德，並沒有全然否定，對博愛和無抵抗主義，從心底裡說還是擁護的。只是爲了駁詰的需要而採用了層層假設、步步爲營的論證方法，給人以某種假象罷了。

　　早期的茅盾，反對一個民族對另一個民族逞強。他要求平等，要求正義，爲弱小民族鳴不平：「凡在地球上的民族都一樣的是大地母親的兒子；沒有一個應該特別的強橫些，沒有一個配自稱爲『驕子』！而況在藝術的天地內是不分貴賤，不分尊卑的」。〔註17〕當他將目光投向東歐、北歐等被壓迫民族的文學時，他首先聽到的是要求民族平等的強烈呼聲。他在論及匈牙利文學時，將其特點概括爲：一是「人生即是文學」（這與茅盾的文學爲人生的主張是息息相關的），一是要求「一切公道」，各民族平等（這又是與茅盾的人道主義思想完全合拍的）。〔註18〕正是由於茅盾的人道主義思想與弱小民族文學存在著內在的、自然的聯繫，因此，他在介紹弱小民族文學方面表現出了異乎尋常的熱情。茅盾早期在評價外國文學作品時所表現出來的取向，是受其早期思想支配的。其中尤其起作用的是他的人道主義思想。在茅盾早期的文藝論著和譯著中，也充分體現了「博愛」的精神。他認爲，人與人之間應當有同情心。他所賦予文學的使命之一，就是：「擴大人們的同情」。〔註19〕對於在「被損害者與被侮辱者」面前缺乏同情心的

〔註15〕冰：《「人格」雜感》，1921 年 7 月 24 日《民國日報・覺悟》。

〔註16〕同上。

〔註17〕雁冰：《〈小說月報〉「被損害民族的文學號」引言》，《小說月報》第 12 卷第 10 號。

〔註18〕雁冰：《十九世紀及其後的匈牙利文學》，《新青年》第 9 卷第 2、3 號。

〔註19〕沈雁冰：《自然主義與中國現代小說》，《小說月報》第 13 卷第 7 號。

名士們，茅盾是不屑一顧的。他曾經憤憤不平地說：「哀憐被損害者與被侮辱者，原是人類最高貴的同情，然而名士卻笑為『婦人之仁』」。〔註20〕他讚嘆俄國作家陀思妥耶夫斯基對於「被損害者與被侮辱者」的同情心的「博大與深厚」：「我們與其說是同情，不如說是愛，更為確切些。他（筆者注：指陀氏）不教人愛什麼，卻教人以愛的本身；不論什麼都是要愛的。」茅盾認為：「這樣的對於『被損害者與被侮辱者』的深厚的愛，方才是立於同等地位的人對人的同情性」而不是那些自命為慈善家侮蔑他人人格的憐憫」。〔註21〕他厭惡慈善家的所謂「憐憫」，而推崇陀氏那樣的「立於同等地位的人對人的同情性」，這說明他力圖使自己的人道主義有別於「悲天憫人」的慈善主義。在茅盾翻譯、介紹過的外國文學作品中，有大量弱小民族的作品。向中國的讀者熱情介紹這些作品，這裡面，恐怕不無「立於同等地位的人對人的同情性」在起作用。茅盾還有些譯著，本身就是藉助於形象，宣傳人們之間的同情心的。他曾翻譯過法國大作家巴比塞寫的小說《錯》。這是一篇巴氏「自道思想的短篇」。它寫的是「我」的一個「應自己懺悔的悲劇」。「我」作為「遠征」軍的兵士，在一次駐防中，對於迎面衝來的「敵軍的兵馬」，本來可以只射中馬的，後來卻「將槍仰高了些」，打死了馬上的人，因而結下了無法治愈的心病，受到了良心的譴責。「我」悔恨自己做下的「罪業」，卻又痛感人與人之間缺乏合成「人類感情中最大感情的憐憫心」的原料——「瞭解」和「光明」。〔註22〕讀罷小說《錯》，我們感到譯者真是用心良苦。他是在藉這篇小說呼籲「擴大人們之間的同情」呀！冰心的小說《超人》，傳達的是「愛的哲學」，謳歌的是「愛的哲學」的勝利。該作是實踐「文學為人生」的主張的，更是體現提倡「人類之愛」的人道主義命題的。茅盾在《文學界消息》〔註23〕中稱：「《小說月報》四號的創作《超人》真有細看一過的價值。」顯然有著向讀者推薦的意思。在同一篇文章中，茅盾又寫道：「又《小說月報》第五號上的《微笑》

〔註20〕沈雁冰：《什麼是文學——我對於現文壇的感想》，載松江暑期演會《學術講演錄》第 2 期（1924 出版）。

〔註21〕雁冰：《陀思妥以夫斯基在俄國文學史上的地位》，《小說月報》第 13 卷第 1 號。

〔註22〕見《學生雜誌》第 2 卷第 4 號。

〔註23〕本篇原分作兩篇，分別發表於 1921 年 5 月 10 日、20 日《時事新報·文學旬刊》。

（俄國梭羅古勃小說）我愛之不忍釋手。梭羅古勃以唯美派著稱；此篇頗多含人道主義的色彩。然而厭世──以死爲美與善之歸宿──的思想到底仍舊很濃濃的。」誰能否定茅盾「愛之不忍釋手」的原因之一，是作品中的人道主義因素使他產生了強烈的共鳴呢？

由以上所引的原始材料來看，茅盾論及人道主義，並不只是零星的、偶然的，並不只是順帶提及、一晃而過，並不只是藉用人道主義的概念來表達別的什麼含義。在人道主義的問題上，茅盾早期有較爲系統的思想，有理論的提倡，也有實際的運用。人道主義，常常是茅盾透視社會問題所用的一種視角，是考察和分析文藝現象所常常遵循的思路。如此說來，論定人道主義在茅盾早期思想中曾佔過很大的比重，似乎並不爲過。

這樣說並沒有貶低茅盾。因爲在早期茅盾所生活的時代，提倡人道主義是一種時尚，也是弄潮兒們所採取的一種進步之舉。如同西方文藝復興運動中人道主義思潮產生過驚世駭俗、撥亂反正的巨大作用一樣，在「五四」時期和「五四」以後的中國，人道主義的潮流更多地發揮的是推動社會進步的作用。再說，論定人道主義曾經在茅盾早期思想中佔過很大的比重，也符合當時的實際情況。對於研究者來說，還有什麼比正視歷史事實來得更爲重要的呢？

在這裡，需附帶探討一個問題：茅盾早期是如何接受人道主義的？僅僅是接受了其中的合理的進步的因素，還是除此之外也接受過其中的不那麼合理、不那麼進步的因素？有的論者認爲：「我們看到了茅盾確曾接受過人道主義思潮的影響。問題的關鍵倒不在於他是否受過影響，而在於茅盾所接受的東西是積極的還是消極的。對這個問題，我們的結論毫不猶豫：茅盾所接受的是人道主義合理的進步的因素。」〔註 24〕我認爲，我們在對茅盾早期所接受的人道主義作出估量的時候，必須確立起一個參照系。相對於封建主義的制度和思想體系來說，茅盾當時所接受的人道主義，從總體上說就是進步的和合理的，無落後、消極和不合理可言。而較之馬克思主義的思想體系來說，茅盾當時所接受的人道主義，就表現出了許多經不起推敲的地方。階級之間、民族之間的壓迫和不平，難道是靠人道主義的鼓吹就能消除的嗎？無產階級的解放，難道可以指望人道主義的呼籲而獲得嗎？當然，茅盾所接受的人道

〔註24〕 宋文耀：《試論社會思潮對茅盾的影響》，《茅盾研究》第 5 輯，文化藝術出版社 1991 年 3 月出版。

主義本身，也是可以分析和分解的。如果一定要將其分成合理的進步的和非合理進步的兩種因素的話，那末，茅盾果真只接受了人道主義思想中的合理的進步的因素嗎？茅盾頌揚胡耳門、喬治·福克思「仁愛爲懷」，稱頌愛倫凱的至大至剛、至醇至潔的愛，稱頌無抵抗主義者托爾斯泰的「人皆爲善」論，在當時條件下，作這樣一類稱頌，究竟算是合理的呢，還是不合理呢？茅盾接受的這些東西，到底算是積極的呢，還是消極的？我認爲很難籠統地說是合理的和積極的。因此，我不大主張在研究茅盾早期思想時，一概地用「接受的是××思想中合理的進步的成分」這樣一種套語。難道茅盾在光怪陸離的外來思潮面前，果真是洞察一切，總是剔除掉那些落後的、消極的東西，只接受那些積極的、進步的、合理的東西？這符合茅盾早期的思想實際嗎？如果是那樣的話，早期的茅盾思想上就不會存在那麼多深刻的內在矛盾，他的思想發展的軌跡也就不會有那麼多曲折，如果我們在研究中只是從某種猜測出發，那末，我們可以將早期茅盾塑造得十分完美。但那已經不是在歷史生活中確實存在的茅盾，而是帶有研究者的理想化色彩的茅盾了。希望我們的茅盾研究能一切從研究對象的實際出發，以符合對象的原貌爲我們的最高準則。

就此打住。

讓我們繼續往下探討。

三

茅盾早期人道主義思想探源。兩條思想線索。近的線索，通向周作人。遠的線索，通向俄羅斯文學和法蘭西文學，連接著托爾斯泰、陀思妥耶夫斯基和羅曼·羅蘭。

在茅盾的早期思想中，人道主義之所以成爲一個極其重要的組成部分，這裡面有著複雜的原因。無疑，茅盾當時所處的時代，對他的早期思想有著制約作用。當時的中國，正處於從舊民主主義革命向新民主主義革命的轉折時期，中國社會在帝國主義和封建主義的統治下，在半殖民地半封建的泥潭之中越陷越深。先進的中國人，加緊了向西方探求真理的步伐。於是，文藝復興時期西方資產階級用以反封建、反教會的人道主義，也被中國的先進分子用來作爲對付封建專制主義制度的利器了。在當時那個特定的歷史時期，人道主義對於反對封建禮教、爭取個性解放的新民主主義革命鬥爭，曾經發

揮過巨大的推動作用。應當說，人道主義思想是屬於革命民主主義思想範疇的。從歷史事實來看，當時站在時代前列或一度充當過新文化運動先驅者的人們，如陳獨秀、胡適、魯迅等等。幾乎很少不和人道主義思想沾邊的。魯迅早期思想的一個重要支點是「立人」。他說：「首在立人，人立而後凡事舉。」〔註25〕「事舉」和「人立」比較起來，「人立」是第一位的。「事舉」是「人立」所帶來的必然結果，「人立」是「事舉」所依賴的必備前提。「人立」這就要求人確實以人的姿態立於世界，具有獨立的人格，活得像個人。「立人」，這是先覺者們所負有的使命，要通過啓蒙工作，使民眾以人的姿態站立起來。可以說「立人」是早期魯迅思想行動的總綱。這一思想現象無疑是受人道主義思想支配的。據魯迅後來回憶說：

> 原先到日本去學海軍，因爲立志不殺人，所以才棄海軍而學醫。
> 後來因受西歐革命和人道主義思潮的影響，思想起了變遷，又放棄
> 只能救個人和病人的醫學而改學文學，想傳播人道主義以救大多數
> 思想有病的人。

人道主義影響了魯迅，而魯迅又力圖以人道主義影響民眾，影響他所認爲的思想有病的大多數人。可見魯迅早期受人道主義思想影響之深。

即使是較早接受馬克思主義的中國共產黨創始人之一的李大釗，在他的著名論文《布爾什維主義的勝利》中，也說過第一次世界大戰的勝利是「人道主義的勝利」這樣的話。他在《「少年中國」的「少年運動」》一文中進一步指明：「少年運動」的「精神改造運動，就是本著人道主義的精神，宣傳『互助』『博愛』的道理，改造現代墮落的人心，使人人都把『人』的面目拿出來對他的同胞」。〔註26〕說人道主義是其時李大釗思想的出發點，似乎並沒有什麼不可以。

李大釗本著人道主義精神所追求的社會目標，又使我們想起了《新青年》七卷一號上發表的《本誌宣言》對理想社會的描述（「我們理想的新時代新社會，是誠實的，進步的，積極的，自由的，平等的，創造的，美的，善的，和平的，相愛互助的，勞動而愉快的，全社會幸福的」）。這幅社會藍圖，打著人道主義思想的深深印記。

〔註25〕 魯迅：《墳·文化偏至論》，《魯迅全集》第 1 卷第 44 頁，人民文學出版社 1981
年出版。
〔註26〕 見 1919 年 9 月 15 日《少年中國》。

用歷史的眼光來看問題，諸多思想家、革命家、文學家，在他們成長爲馬克思主義者之前，都曾經登上過資產階級人道主義這個思想台階，都曾經是人道主義者。李大釗、魯迅、茅盾，無不如此。他們都曾以人道主義爲思想武器，同以扼殺人的個性、人的尊嚴爲特徵的封建主義制度及其思想體系，作過不妥協的鬥爭。在那樣一種社會裡，有識之士總是爲爭取人的基本的生存權利而呼籲、而奮鬥。因而登上人道主義的台階有其必然性。對於偉大的馬克思主義者來說，曾經信奉過西方人道主義，這並沒有什麼不光彩。在登上這一台階之後，有的人滯步不前了。在群眾性的革命鬥爭由於馬克思主義的指引，走上了自覺的階級鬥爭的軌道以後，這部分人道主義者的呼喊顯得愈益蒼白無力。不僅如此，在某些時候，他們在客觀上還會幫倒忙。還有的人道主義者，會在形勢劇變時從原有的高度跌落下去，走向自己的反面。周作人就出現過這樣的思想倒退。而像李大釗、魯迅、茅盾這些原先的人道主義者，卻能順應時代潮流的前進大勢，同覺悟的群眾站到一起。他們自覺地調整自己的立場、觀點、方法，逐步地趨於馬克思主義。他們在思想進程中，經過痛苦的自我否定，登上了新的更高的台階。他們的高明之處就在於能運用馬克思主義調整自己、提高自己。

綜上所述，足見「五四」時期人道主義思想普遍存在於新派人們的頭腦之中；然而，各個人接受人道主義思想的途徑卻未必全然相同（當然源頭都在西方）。

探討茅盾早期人道主義思想的成因，我們可以看到兩條對他頗有影響的思想線索：近的一條線索，通向周作人；遠的一條線索，通向俄羅斯文學和法國文學，連接著托爾斯泰、陀思妥耶夫斯基和羅曼·羅蘭。

讓我們先來看近的一條線索，周作人和茅盾是同時代人。1921 年 1 月文學研究會成立時，兩人都參與發起這一文學社團，以後又都成爲其中的中堅力量。我認爲，周作人對於茅盾發生過直接的、巨大的影響。這可以由以下事實得到證明。周作人於 1918 年 5 月發表了他的第一篇白話論文——《人的文學》，提出了「人的文學」的主張：「用這人道主義爲本，對於人生諸問題，加以記錄研究的文學，便謂之人的文學」。〔註 27〕周作人所提倡的「人的文學」，即是以人道主義爲指導思想的「爲人生的文學」。1920 年 1 月，他在北平少年學會所作的題爲《新文學的要求》的講演中說道，「人生的文學

〔註27〕見《新青年》第 5 卷第 6 號。

是怎樣的呢……一、這文學是人性的；不是獸性的，不是神性的……二、這文學是人類的，也是個人的」。他又指出，「這人道主義的文學，我們前面稱他為人生的文學，又有人稱為理想主義的文學；名稱盡有異同，實質終是一樣，就是個人以人類之一的資格，用藝術的方法表現個人的感情」。換句話說，「便是著者應當用藝術的方法，表現他對於人生的情思，使讀者能得藝術的享樂與人生的解釋」。〔註28〕未有多久，茅盾接受了「人的文學」的主張（當然，也加進了自己的內容）。他在 1921 年 1 月發表的《文學和人的關係及中國古來對於文學者身份的誤認》一文中，有一段談及「人的文學」的文字：「文學者表現的人生應該是全人類的生活，用藝術的手段表現出來，沒有一毫私心不存一些主觀。自然，文學作品中的人也有思想，也有情感，但這些思想和情感一定確是屬於民眾的，屬於全人類的，而不是作者個人的。這樣的文學，不管它浪漫也好，寫實也好，表象神秘也好；一言以蔽之，這總是人的文學——真的文學」。把周作人和茅盾的文學主張相對照，我們不難看到前者在後者思想上所烙下的印記：（一）茅盾接受了周作人的「文學是人性的」和「文學是人類的」思想，並更多地從普遍人性的角度來加以闡述和發揮。雖然兩者的行文不盡相同，但在人道主義這一點上，是一脈相通的。（二）茅盾不僅接受了周作人的「人的文學」的主張，而且沿用了他的「真的文學」的提法。1920 年，周作人在《文學上的俄國和中國》一文中，曾稱以「社會的、人生的」為主要特色的，「表現及解釋人生」的俄國近代文學為「真的文學」。將「人的文學」同「真的文學」等同起來，這是茅盾在著意強調文學「為人生」的使命。可見，周作人對茅盾的影響不容忽視或低估。孤證不足以服人。讓我們再來看一個事實：1919 年 1 月，周作人在《每週評論》上發表文章，倡導「平民文學」。他強調指出，「平民的文學」與「貴族的文學」是兩種性質相反的文學。這種相反的性質，指的是「文學的精神的區別，指他普通與否，真摯與否的區別」。他提倡「以普通的文體，記普遍的思想與事實」和「以真摯的文體，記真摯的思想與事實」的「平民文學」。「平民文學」的主張，不久也為茅盾所採納。1920 年 1 月，茅盾在《現代文學家的責任是什麼？》一文中說：文學家「積極的責任是欲把德謨克拉西充滿文學界，使文學成為社會化，掃除貴族文學的面目，放出平民文學的精

〔註28〕見《中國新文學大系·文學論爭集》第 142 頁，上海文藝出版社 1981 年影印出版。

神」。〔註 29〕看來，在宣傳人道主義的文學主張方面，茅盾當時是周作人所提口號的熱心響應者。在這方面，周作人這一時期的理論建樹要比茅盾更大些。茅盾受周作人思想的影響，還表現在他對於周作人作品的推崇上。他曾將周氏的散文《西山小品》，稱作「人道主義的藝術品」，「因而沒口地稱許他是藝術品，有藝術上的價值……」〔註 30〕這段讚美之辭更是說明了，茅盾當時對於周作人創作的充溢著人道主義精神的作品，是何等地傾心！

　　現在，我們再來看遠的線索。這條線索大致延伸到「五四」運動前的一兩年。在茅盾的中學和大學預科時代，由於受國文教員（他們都是章太炎的朋友或學生）的影響，他曾一度醉心於「魏晉小品、齊梁辭賦的夢遊世界」。他那時是看不起外國文學的。他讀外國書，是「五四」前一兩年開始的。後來，他在追憶這一段思想的時候，曾說過這樣的話：「五四以後，思想改變，讀外國書了，但抓到什麼讀什麼，讀的很雜」。〔註 31〕又說：「我，恐怕也有不少的人像我一樣，從魏晉小品、齊梁辭賦的夢遊世界伸出頭來，睜圓了眼睛大吃一驚，是讀了苦苦追求人生意義的十九世紀的俄羅斯古典文學」。〔註 32〕他談到對自己影響最大的作家作品：「我也讀過不少的巴爾扎克的作品，可是我更喜歡托爾斯泰」。〔註 33〕我們知道，托爾斯泰是俄國批判現實主義的高峰。他的作品，以對農奴制的深刻的揭露鞭撻，以對農奴制壓迫下的農奴們的深厚的同情心和「無抵抗主義」的說教，構成了自己獨樹一幟的思想特色。茅盾在 1919 年就寫了題為《托爾斯泰和今日之俄羅斯》的長篇論文，對托氏的生平、思想和藝術作了介紹。他推尊托氏為「十九世紀末第一大人物，且為二十世紀第一大人物」。〔註 34〕他在剖析托氏的藝術觀時指出：托爾斯泰「謂社會大多數人皆為善人，其為惡者，或社會制度逼之為惡，或社會上之高等人臨之為惡也。其說部或劇本中都含此意，此其說，求之他國，頗與盧騷相似；而求之我國，則良知良能之說，庶乎近之」。〔註 35〕我想，若求之早年的茅盾，可謂與他的「論理，從善是人類的本性」〔註 36〕的思想頗為相通。外

〔註 29〕見《東方雜誌》第 17 卷第 1 號。
〔註 30〕見《通信》，《小說月報》第 13 卷第 6 號。
〔註 31〕轉引自莊鍾慶：《永不消失的懷念》，《新文學史料》1981 年第 3 期。
〔註 32〕見《契訶夫的時代意義》，《世界文學》1960 年第 1 期。
〔註 33〕同註 31。
〔註 34〕見《學生雜誌》第 6 卷第 4～6 號。
〔註 35〕同上。
〔註 36〕雁冰：《最近的出產》，《時事新報・文學旬刊》第 42 期（1992 年 7 月 1 日）。

來的社會思潮和文藝思潮，同茅盾思想中所包含的幼時所接受的「人之初，
性本善」的思想因素相遇在一起，產生了共鳴，於是融成一體，紮下根來了。
從陀思妥耶夫斯基那裡，茅盾也汲取了「性善論」的思想。由此，他早期的
人道主義思想進一步得到了鞏固。茅盾評論陀氏的思想，緊緊抓住了他的性
善論：「最特色的而且最是爲他始終篤守著的，就是他的性善論了」，「陀氏並
不說人性有向善的本能，卻說人性的本質是善的，而且這善是不可磨滅的」。
〔註 37〕對於這位被人或毀或譽的名作家，茅盾挺身而出，爲他進行辯護，並
高度評價了他的思想在人類歷史上的巨大價值和對於中國青年的效用：「陀氏
的思想是人類自古至今思想史中的一個孤獨的然而很明的火花。對於中國現
代的青年，猶是一劑良好無害的興奮劑」。〔註 38〕陀氏死而有知，當感到並不
孤獨，因爲在二十世紀二十年代的中國，他的人道主義思想找到了自己的知
音。在 1919 年以後的幾年裡，茅盾對富於人道主義精神的陀思妥耶夫斯基始
終抱有崇敬的感情。1919 年，茅盾讚嘆說：「彼視世間一切平等，有權與無權
等，心中無恨人；彼好潔與美乃謂狂狴中亦有潔與美。嗚呼，是何等心量也
哉！」〔註 39〕茅盾所稱道的陀思妥耶夫斯基的這等「心量」，其本質是性善和
博愛。茅盾正是基於人類性善的估計，正是篤信博愛的力量，才會作出文學
應當表現人類的共同人性的判斷，並在一段時間中毫不動搖地執著於這一判
斷。這中間，托爾斯泰和陀思妥耶夫斯基的影響，直接的抑或潛在的，無疑
是客觀存在的，因而是不可忽視的。

　　茅盾對包括托爾斯泰、陀思妥耶夫斯基在內的俄羅斯近代進步文學，曾
作過一種總體式的觀照。他得出的結論是：「俄國近代文學的特色是平民的呼
籲和人道主義的鼓吹」，「俄國近世文學全是描摹人生的愛和憐，⋯⋯從此愛
和憐的主觀，又發生一種改良生活的願望；所以俄國近代文學都是有社會思
想和革命觀念」。〔註 40〕他從托爾斯泰等作家身上感悟到：他們「都有絕強的
社會意識，都是研究人類生活的改良，都是廣義的藝術家——廣義的藝術觀
念便是老老實實表現人生」。〔註 41〕總之，茅盾早期人道主義思想使他的興奮
點集中於介紹俄羅斯文學，而托爾斯泰等俄羅斯作家的作品和思想又深深地

〔註 37〕 雁冰：《陀斯妥以夫斯基的思想》，《小說月報》第 13 卷第 1 號。
〔註 38〕 同上。
〔註 39〕 雁冰：《托爾斯泰與今日之俄羅斯》，《學生雜誌》第 6 卷第 4～6 號。
〔註 40〕 雁冰：《俄國近代文學雜談》，《小說月報》第 11 卷第 1 號。
〔註 41〕 同上。

影響了他，使他在信奉人道主義方面更其執著和誠篤。

　　法國作家羅曼‧羅蘭，最初是以世界文壇上新理想主義的傑出代表的形象，進入茅盾的視野，並在茅盾的心靈深處發生影響的。但茅盾所推崇的新理想主義者的羅曼‧羅蘭，恰恰又是一位標標準準的人道主義者。他既像他母親那樣有著虔誠的基督教徒的慈善心腸，又像托爾斯泰那樣有著人道主義的精神。他同情弱者，追求道德的自我完善。在這一點上，他與托爾斯泰相同。他對托爾斯泰的如下藝術信條深信不疑：「凡是使人類聯合的東西，都是善的、美的；凡是使人類分離的東西，都是惡的、醜的。」他在文學上提倡「爲人生」，而這種文學，實際上是以上述藝術信條爲導引的，旨在改良社會現實、促成人際的友愛或團結的文學。他的新理想主義強調：將改善自己與改善他人相結合，將愛護自己與愛護他人相結合。從本質上看，他的社會理想與托爾斯泰有相通的地方。在邪惡腐朽的勢力面前，他敢於鬥爭，這又同托爾斯泰的「無抵抗主義」劃清了界限。他對現實有比較清醒的認識，這是他比托爾斯泰高明的地方。在很長的一段時間中，他曾經是那樣地崇拜「法國大革命中那些浴血奮戰的英雄們」。可是社會的黑暗現實，卻每每使他對資本主義世界失望。在這種情況下，他依然恪守平等、博愛、正義、和平的人道原則，努力保持自我心靈的純潔，一如既往地同邪惡的社會力量進行不妥協的鬥爭。然而，羅曼‧羅蘭在 1931 年之前，終究只能算是一位資產階級人道主義者。爲他贏得崇高聲譽的著名長篇《約翰‧克利斯朵夫》，描述的是很有創造才能的德國血統的音樂天才約翰‧克利斯朵夫所面臨的一系列危機。主人公在逆境中採用的完全是個人奮鬥的方式。這位年輕的德國人和一位年輕的法國人的友誼象徵著「對立的和諧」。作者認爲，這種關係將最終在世界各國之間建立起來。其實，那位富有才華又而孤獨的音樂天才，一半像貝多芬，一半像作者自己。主人公的處世哲學和作者所憧憬的國際關係，其共同的依據是人道的方式。羅曼‧羅蘭筆下的約翰‧克利斯朵夫是一個爲促成人類的友愛、團結而敢於同腐朽黑暗的社會鬥爭的大勇式的人物，是一個完全體現了作者的社會理想的人物。然而，主人公終究只是一位資產階級人道主義者，一位孤獨的個人英雄主義者。他的悲劇性的結局，不僅宣告了個人奮鬥主義的失敗，而且宣告了主人公自身以及作者的資產階級人道主義的破產。這一點，羅曼‧羅蘭當時是不可能清醒地意識到的。羅曼‧羅蘭還在 1915 年出版的一本名爲《超乎混戰之上》的小冊子中，呼籲德、法兩國在第一次

世界大戰中尊重眞理和人性。可見，這一時期羅曼‧羅蘭作品中所回蕩的主旋律，是資產階級人道主義，而其支柱則是「博愛」。羅曼‧羅蘭還率先提出了「民眾藝術」的口號。他在評論法國畫家彌愛（Millet）的田家風物的作品時說，這是民眾藝術——藝術上的新運動。民眾藝術的口號，實質上是羅曼‧羅蘭倡導的平等、博愛的人道主義思想在藝術觀上的反映。它是以消弭階級的界限爲理論前提的，是一種帶有濃厚人道主義色彩的烏托邦。

對於羅曼‧羅蘭，茅盾懷有深深的景仰，這種感情一生也沒有改變過。在羅蘭逝世一週年之際，茅盾撰寫了長文，對這位文學大師表示了「永恆的紀念與景仰」。這是後話，這裡不宜展開詳細的評述。從二十年代最初幾年的情況來看，他對羅曼‧羅蘭也是相當推崇的。他曾明確表示：「我是極歡喜羅蘭著作的」。〔註42〕他推尊羅曼‧羅蘭的鉅著《Jean Christophe》（筆者注：即《約翰‧克利斯朵夫》）是「新浪漫主義的代表」。茅盾評論道：羅蘭這部小說的問世，使「想綜合的表現人生」的新浪漫主義由此而「大放光明」。〔註43〕實際上，茅盾一度提倡新浪漫主義，最主要的還是衝著羅曼‧羅蘭而來的。他依據羅曼‧羅蘭的創作狀況，認爲：「新浪漫主義」是「重理想重理智的」；它能兼容「觀察與想像，分析與綜合」，不僅「表現過去表現現在，並且展示將來給我們看」。這種創作好就好在「重新說明人類歷史上的生活，告訴我們人類生活的眞價值，我們從了他可以得到靈魂安適的門」。與其說茅盾是在肯定羅曼‧羅蘭的創作方法，不如說茅盾所肯定的，是羅曼‧羅蘭的創作方法背後所隱含的人道主義內涵和這種創作方法的人道主義旨歸。有論者甚至認爲：如果茅盾不是把羅曼‧羅蘭誤當作「新浪漫主義」的代表，也許他就不提倡「新浪漫主義」了。〔註44〕我以爲這一推斷是可以成立的。

茅盾受羅曼‧羅蘭人道主義思想影響的另一表現是，他一度接受了後者的「民眾藝術」的口號。我們知道，羅曼‧羅蘭曾在法國倡導過「民眾戲院」。所謂「民眾」，是具有自由思想的人們，是不以階級區分的。「民眾戲院」概念的提出，無疑是以人道主義思想爲根基的。1921年，在上海「民眾戲劇社」醞釀成立時，茅盾想起了羅曼‧羅蘭關於「民眾戲院」的主張，因而將這個

〔註42〕 沈雁冰：《翻譯文學書的討論——覆周作人》，《小說月報》第12卷第2號。

〔註43〕 雁冰：《爲新文學研究者進一解》，《改造》第3卷第1號。

〔註44〕 李庶長：《茅盾和羅曼‧羅蘭》，見《茅盾與中外文化》，南京大學出版社1993年出版。

新生的戲劇團體定名為「民眾戲劇社」。其實，羅曼・羅蘭對茅盾的影響何止是一個戲劇社的名稱。茅盾在倡導「文學為人生」時對人生的缺乏階級性內涵的理解，對文學提出的「綜合地表現全人類的生活」的要求，其中也就包含了羅曼・羅蘭的博愛精神的因子在內，或者說，在其心靈深處，是和處在人道主義思想階段的羅曼・羅蘭暗合的。

應當說，對托爾斯泰、陀思妥耶夫斯基和羅曼・羅蘭的人道主義思想，茅盾都表示過讚賞，但由於對羅蘭的文學創作及創作方法，茅盾傾注了更多的熱情，而在對新理想主義的倡導中也就包括了對以博愛為基礎的人道主義精神的肯定與倡導，這也就是不言而喻的了。當然，茅盾在經過了思想發展的一個過程以後，由人道主義者變成了馬克思主義者；而羅蘭也完成了由資產階級人道主義到社會主義人道主義的轉變。

綜上所述，兩條思想線索，在當時，通向一個共同的方向：都通向消弭了階級界線的人，都通向共通的人性。托氏和陀氏更多的是以「人類具有善的本性」這一觀點，施影響於茅盾；羅蘭則以充滿溫和色彩的民眾藝術的觀點感染和薰陶了茅盾；而周作人是以「文學是人性的、人類的」（即「人的文學」的主張）影響了茅盾。兩條線索形成了一股合力。這股合力相當有力，相當頑強，使茅盾在接受馬克思主義以後一段時間中，不能完全採用馬克思主義的立場、觀點、方法來看待文藝問題和某些社會問題。但茅盾確實又是從這裡起步的。不瞭解茅盾的這個起點，也就意味著並不真正瞭解早期茅盾。

四

　　茅盾早期人道主義思想的自身特點。通過「互助論」同進化論緊緊相連。逐步增長著反抗性的成分。與社會主義政治信仰在矛盾中共存。早期的茅盾作為人道主義者，是「這一個」。早期茅盾與早期或同期魯迅人道主義思想之比較。

「五四」時期新文化運動的積極參加者，大多是具有人道主義思想的。那麼，茅盾早期的人道主義思想，除了具有「自由、平等、博愛」等資產階級人道主義的一般特徵之外，還有沒有自己的特點呢？

我覺得，茅盾早期的人道主義思想，在以下三個方面，是呈現出了異彩的。

首先，茅盾早期的人道主義思想，通過「互助論」同進化論緊密相連。

　　人道主義者講「自由、平等、博愛」，主張深厚、博大的愛，主張個性
的自由發展，主張把人當作人。進化論者認爲人類是經由低級到高級的過
程，從動物進化來的；不僅生物是進化的，而且人類社會也是進化的。茅盾
早期既具有深厚的人道主義精神，又信奉進化論學說。這兩者是如何在他身
上得到統一的呢？在回答這個問題之前，讓我們先來看一看，人道主義思想
和進化論思想都比較突出的周作人，在他身上，這兩者是如何統一的。周作
人在提出「人的文學」的口號時，曾對「這個人字」作過專門的說明：「我
們所說的人不是世間所謂『天地之性最貴』，或『圓顱方趾』的人。乃是說，
『從動物進化的人類』。其中有兩個要點，（一）『從動物』進化的，（二）從
動物『進化的』。」因爲是「從動物」進化的，所以有「肉的一面」，有「獸
性的遺傳」；唯其會從動物「進化的」，故而人的「內面生活」，或曰「靈的
一面」，就「比他動物更爲複雜高深，而且逐漸向上，有能改造生活的力量」。
他並且進而指出：「這靈肉本是一物的兩面，並非對抗的二元」。〔註45〕這樣，
周作人通過「靈肉統一說」闡明了：人類既是進化的，又是人道的。從而把
人道主義與進化論巧妙地聯繫起來了。把茅盾和周作人放到一起，兩者的同
中之異就極爲分明地顯現出來了。在茅盾的人道主義思想和進化論思想之
間，存在著一條紐帶，這就是克魯泡特金的「互助論」。茅盾在《尼采的學
說》一文中，談及人類進化的問題，既批評了「視人口爲求生」的某些生物
學家的觀點，同時又批評了「大不同」於此的尼采的見解（尼采認爲動物像
裝足了電的電池，時時刻刻想卸脫他所裝的電，而且是一定要卸的，不論費
事不費事；即使有時是有自衛的意思和自衛的動作，然而是極暫時的）。茅
盾認爲：「兩家的話都是不對的」。他推崇克魯泡特金的「因互助而得進化說」
（參見本書第51頁）。由此看來，茅盾的社會進化觀，並不是生物學上的進
化論在人類社會生活中的直接移植。他將社會和人類進化的動因，歸結到「互
助」這一點上。或許可以說：「互助論」是他的進化論思想的核心。而「互
助論」本身，與人道主義有著不解之緣。提出「互助論」的無政府主義者克
魯泡特金認爲，在進化過程中，競爭不是主要的，互助才是最基本的。「我
們在動物界裡看到互助都與進化相提並進，退化的厄運無不隨著內部互爭而
降臨」。〔註46〕克魯泡特金又闡明了「互助論」的道德原則：拋棄「以德報

〔註45〕周作人：《人的文學》，《新青年》第5卷第6號。
〔註46〕克魯泡特金：《互助論》，平民書店1939年版。

德，以怨報怨」的復仇觀念；「對鄰人要多施給，少望報」；絕不以區區的親愛為自足。〔註47〕請看，這不是很有一點人道主義精神嗎？眾所周知，人道主義思想也有一個核心，這就是人性論。茅盾早期也曾確認過有「永久的人性」，即不受時代和階級制約的人性（筆者按：「永久的人性」是存在的，不受時代和階級制約的人性部分也是存在的。指出這種存在，完全必要。但只強調「永久的人性」，只看到人性中不受時代和階級制約的部分，那就不對了）。他相信人類的本性是「從善」。從人性論出發，他憧憬過人與人相親、民族與民族相助的人道主義理想。就是在被損害者和被侮辱者遭受塗炭的現實社會中，他也總是不由自主地把人類作為一個不分階級的、具有普遍人性的整體來考察。「人類」一詞，固然可以像茅盾後來所解釋的，在當時「習慣上是指全世界的民眾」，〔註48〕也可以如樂黛雲所說明的，「茅盾並不是在準確的概念上來運用『全體人類』這類說法，他所著重強調的仍然是被壓迫人民」。〔註49〕但我以為，對於茅盾早期著作中的「全體人類」之類的用語，還是應當進行具體分析。在某些場合，情況確實如樂黛雲所說的那樣。但不能否認，「在準確的概念上來運用『全體人類』這類說法」的情況，也還是不少的。茅盾說「文學的背景是全人類的背景，所訴的情感自是全人類共通的情感」。〔註50〕這就應當算作是「在準確的概念上」運用「『全體人類』這類說法」。據茅盾當時的文字材料來看，他早年的文章中，「人類」一詞在相當多的場合，還是指的理想中的階級融合、民族協調的全人類。不錯，他對於被損害與被侮辱者是極富同情心的，「人類」一詞的主體有時確是指的他們。但他對「全人類性」似乎強調更甚。進而言之，不管做何種解釋，都沒有改變這樣一個事實：「全體人類」等類概念，終究脫胎於人道主義思想；茅盾對它的理解和解釋也終究沒有超出人道主義的範圍。更何況，茅盾早期的人道主義思想，見之於一系列論述，而並不僅僅體現在「全體人類」一類用語上。茅盾的「全體人類」一類說法，不能不是他早期思想認識上的一種局限性。事實上，茅盾當時是站在小資產階級的立場上，來批判封建主義制度和封建主義文化的。在這過程中，他憑藉的是資產階級人道主義這一思想

〔註47〕克魯泡特金：《互助論》，平民書店 1939 年版。
〔註48〕茅盾：《我走過的道路》（上）第 164 頁，人民文學出版社 1981 年出版。
〔註49〕樂黛雲：《茅盾早期思想研究》，《中國現代文學研究叢刊》1979 年第 1 輯。
〔註50〕雁冰：《創作的前途》，《小說月報》第 12 卷第 7 號。

武器。而對於這一武器本身，他是沒有能力加以符合今人眼光的鑒別和批判的。「互助論」和「人性論」，各自作爲茅盾早期進化論思想和人道主義思想的核心，它們在本質上是相通的。唯其人有普遍的人性，有從善的本性，所以人與人之間能互助，人類得以進化；唯其人類在互助之中日復一日地進化，人的本性得以發展得更完善，所以人與人之間因歷史原因而形成的界限可以泯滅，現代人之間的感情能夠互相溝通。因此，在茅盾早期思想中，以「互助論」爲核心的進化論思想，和以人性論爲核心的人道主義思想，是互爲因果的。

其次，茅盾早期的人道主義思想，逐步增長著反抗性的成分。

雖然同屬於資產階級人道主義的範疇，有些人的人道主義是「俯視式」的，就是說，是站在資產階級立場上，對被損害者和被侮辱者採取的是憐憫式的態度；但也有些人，則是從小資產階級的立場出發，來接受資產階級人道主義的，與被損害者與被侮辱者是「立於同等地位的」。早年的茅盾屬於後者。

然而細細探究起來，茅盾早期的人道主義思想，前後相比較，其色調還是有很大不同的。大致說來，1922 年之前，他的人道主義，基本上呈現出一種溫和的色彩。在這一時期中，他強調得比較多的是人性的普遍性和永久性。在他的文章中，多次出現了「同情心」、「互助」、「從善」、「愛」（當然並不是階級友愛）等等溫情脈脈的字眼。雖然曾經有過平民與貴族、平民文學與貴族文學的區分，但這種區分被更多地強調人性的共通的論述所淹沒。況且這種區分的目的，並不是爲了動員「平民階級」起來反抗「貴族階級」，而常常只是爲「平民階級」的文學爭取一席之地，或者是藉助文學來消弭這種界限。例如，他說過：「文學既爲表現人生，豈僅當表現貴族階級之華貴生活而棄去最大多數之平民階級之卑賤生活乎？空想於『神的生活』之文學，與實寫於『獸的生活』之文學，其反響於人類理想固如何乎？」〔註51〕「神的生活」和「獸的生活」，都是相對於「人的生活」而言的，而且兩者本身就構成了尖銳的對立。而「人類理想」又是明天的「人的生活」。太多空泛的不夠確定的概念，使論述失去了應有的光彩。茅盾還十分引人注目地給文學規定了疏通人間的隔膜、「擴大人們的同情」的使命。這集中地見諸下面的論述：「這一步進一步的變化（筆者注：指文學由古典──浪漫──寫實──新浪漫的變

〔註51〕雁冰：《〈歐美新文學最近之趨勢〉書後》，《東方雜誌》第 17 卷第 18 號。

化），無非欲使文學更能表現當代全體人類的生活，更能宣泄當代全體人類的情感，更能聲訴當代全體人類的苦痛與期望，更能代替全體人類向不可知的運命作奮抗與呼籲」。〔註52〕在 1922 年之前，茅盾當然也發表過「正因爲是亂世，所以文學的色調要成了怨以怒」和「『怨以怒』的文學正是亂世文學的正宗」〔註53〕的見解，提出過「一時代的文學是一時代缺陷與腐敗的抗議或糾正」〔註54〕的主張。但諸如此類的見解和主張，終究未能擺脫以「普遍人性」論爲核心的人道主義思想的籠罩，或者說，並沒有在他這時期的文學實踐中經常地佔據主導地位。然而，1922 年以後，直到 1925 年 5 月，情況不同了。茅盾不僅「怨以怒」，而且「怒而爭」了。他雖然尚未突破資產階級人道主義的框框，但卻由溫和變得激烈起來，反抗性的成分明顯地增長了。

1923 年 12 月，茅盾在《文學週報》上發表文章，提醒青年們要正視現實，「再不要閉了眼睛冥想他們夢中的七寶樓台，而忘記了自身是住在豬圈裡。我們尤其決然反對青年們閉了眼睛忘記自己身上帶著鐐銬，而又肆意譏笑別的努力想脫除鐐銬的人們」。〔註55〕這是怎樣的一個「豬圈」呢？它「內憂外患交迫，處在兩重壓迫——國外的帝國主義和國內的軍閥專政——之下」。〔註56〕出路何在呢？「唯一的出路是中國民族底國民革命」。要達到這個目標，僅僅以文藝爲詛咒反抗的工具難以奏效，而須得如吳稚暉先生所說「人家用機關槍打來，我們也趕鑄了機關槍打回去」。〔註57〕在這段文字中，可說是很有點以暴抗暴的火藥味了。茅盾思想中反抗性成分的增長絕不是偶然的。其時，反動軍閥政府加緊了對人民革命的鎮壓。「二七」罷工工人慘遭殺戮。生活本身就是最實際的教科書。正如茅盾在寫於 1924年 5 月的《文學界的反動運動》一文中所指出：「這一年來，中國處於反動政治的劫制之下，社會上各方面都現出反動的色彩來」。不僅政界如此，文化界亦然。在文化界，「兩種反動運動（筆者注：第一種反動運動是反對白話主張文言的，第二種反動運動是於主張文言之外，再退一步，要到中國

〔註52〕郎損：《新文學研究者的責任與努力》，《小說月報》第 12 卷第 2 號。
〔註53〕郎損：《社會背景與創作》，《小說月報》第 12 卷第 7 號。
〔註54〕雁冰：《介紹外國文學作品的目的——兼答郭沫若君》，《時事新報·文學旬刊》
　　　第 45 期（1922 年 8 月 1 日）。
〔註55〕雁冰：《「大轉變時期」何時來呢？》，《文學》週報第 103 期（1923 年 12 月
　　　31 日）。
〔註56〕雁冰：《對於泰戈爾的希望》，1924 年 4 月 14 日《國民日報·覺悟》。
〔註57〕同上。

古書裡面去找求文學的意義的），現在已經到了最高潮，正像政治上反動運動已經到了最高潮一樣」。〔註58〕面對嚴酷的現實，茅盾斬釘截鐵地表示：「我們應該立起一道聯合戰線，反抗這方來的反動惡潮」！〔註59〕為了加強對於反動惡潮的反抗，茅盾在對外國作家作品的評論和評介中，把視線由「無抵抗主義者」的托爾斯泰和「教人以愛的本身」的陀思妥耶夫斯基，轉向像閃電之於暗夜那樣與黑暗現實勢不兩立的叛逆詩人拜倫，熱烈地讚美他「是一個富於反抗精神的詩人，是一個攻擊舊習慣舊道德的詩人，是一個從事革命的詩人」。〔註60〕他滿懷著期待之情，呼喚反抗的文學；「中國現在正需要拜倫那樣富有反抗精神的震雷暴雨般的文學，以挽救垂死的人心」。〔註61〕這和幾年前試圖憑藉含有永久的人性的文學，來「療救靈魂的貧乏，修補人性的缺陷」，〔註62〕是已經大大地前進一步了。他還對許多青年提出過尖銳的批評：「站在雲端，大呼一切人在他看來都是不分高下的，他把惡人，半惡人，半善人都看作一律，他自以為是最徹底的了，卻不知道他這種高調，實在是間接的幫忙惡人打倒半善人，間接的鼓吹半惡人變成十全的惡人」。〔註63〕文章的鋒芒，不僅對著惡人，而且對著間接幫助了惡人的糊塗的然而自視甚高的青年。抨擊之中，沒有半點溫情脈脈的模樣。茅盾又寫道：

> 有許多青年，怕看見血，怕聽見武力，想以「愛」改造社會，想以無窮的忍耐，向世間的惡人說教，希望有一天強盜發善心，自己解除武裝，來受平民的裁判；他們這種慈悲心是值得敬仰的，只可惜他們在理論上雖然怕看見血，怕聽見武力。但是在實際上卻天天處在血腥堆裡而不嫌惡，天天受武力的壓迫而不感覺痛苦——或者是諱言痛苦。〔註64〕

茅盾之所以要談血談武力，是因為當時的人們的現實處境中就充滿著血腥，充滿著武力的壓迫。這就是現實。茅盾敢於直面現實，直面慘淡的人生。也

〔註58〕見《文學》週報第 121 期（1924 年 5 月 12 日）。
〔註59〕同上。
〔註60〕同上。
〔註61〕同上。
〔註62〕茅盾：《一年來的感想與明年的計劃》，《小說月報》第 12 卷第 12 號，署名記者。
〔註63〕玄珠：《雜感》，1924 年 6 月 2 日《時事新報·文學旬刊》。
〔註64〕同上。

許，反抗性成分的增加，其源蓋出於嚴峻的現實對他的教育。同早些時候稱讚「以一個愛字做中心」的愛倫凱的言辭（「至大至剛」，「至醇至潔」）相比，實在是大相徑庭。然而，所有這一切，並沒有離開人道主義思想的軌道。茅盾所說的「反抗精神」，還不是嚴格意義上的無產階級的鬥爭精神和反抗精神；「武力」，並不是無產階級所使用的武力和無產階級所進行的革命的武裝鬥爭。他所說的富有反抗精神的文學，也並不是嚴格意義上的無產階級文學。當然，稍後茅盾就作過「文學者呀，請一致鼓吹無產階級為自己而戰」〔註65〕的明確表述。這說明，茅盾這一時期正處於人道主義到階級論的轉折期。即使不談茅盾早期思想所出現的巨變，我們似乎也不能不看到：茅盾早期人道主義思想的內涵，並不是一成不變的。由溫婉到反抗，就是內涵發生變化的具體表現。研究茅盾早期的人道主義思想，不能忽視這樣一種變化。

再次，茅盾早期的人道主義思想，與社會主義政治信仰在矛盾中共存。

茅盾早年一身而兼有政治家和文學家這樣兩種身份。正如本書第三章所述，茅盾在踏上社會之後，幾乎是和他的文學生涯同時開始，他和馬克思主義結下了不解之緣。在中國現代文學史上，像茅盾那樣早、那樣密切地同共產黨、同馬克思主義、同革命的群眾運動發生緊密聯繫的文學家是不多見的。據此，我認為，茅盾1922年5月在紀念「五四」的一次講演中回顧自己思想發展和表示「確信了一個馬克思底社會主義」的話，是發自肺腑的，是真實可信的。

然而，如果我們對這一時期茅盾的思想進行深入的剖析，將會發現一種奇特的現象：他的政治信仰（誠如他所說：「確信了一個馬克思底社會主義」），與他的人道主義思想，竟然在矛盾之中同時並存（誠然，馬克思主義也講人道主義。但茅盾此時的人道主義思想與馬克思的人道主義思想尚有不小的距離）。1922年7月，離那次令人震憾的講演只不過兩個月左右，汪敬熙寫信給當時負責主編《小說月報》的茅盾。來信在列舉了人道主義作家的「材料的範圍太狹」、「眼光太淺」以及「寫的不自然」等三大弊病之後，指出：「發生這三個缺點的原因，我以為是『人道主義』變成了許多作者的執著（Obsession）了」。〔註66〕茅盾覆信委婉地否定了汪的意見。他認為：「這種「新鐐銬」當然非打破不可，只是國內青年容易誤會，希望他們不誤會到

〔註65〕雁冰：《歐戰十年紀念》，《文學》週報第133期（1924年8月4日）。
〔註66〕見《小說月報》第13卷第7號。

連人道主義都遺棄」。他還是執著於自己的人道主義觀點的。也就在他提出「中國的前途只有無產階級革命」這一政治主張的時候，他仍然要求文學「須含有永久的人性」；對於文學使命的解釋，也仍然是充滿人道主義意味的。這一時期，他曾因人道主義的作品得不到人們的瞭解而忿忿不平：「在中國，因為傳統的觀念和習俗的薰染，人道主義的作品幾乎完全不能得人瞭解」。〔註67〕他力圖匡正人們對於人道主義的誤解：「頗有些人很簡單的描寫一個乞丐在富家窗下凍斃而窗內尚在作樂等事算是人道主義的作品，這或者也可以說『是』，但我總覺得裝載像這一類的浮面而簡單的情緒的東西算不得精製的人道主義的藝術品」。〔註68〕在他在心目中，什麼樣的藝術品才算是人道主義的精品呢？我們可以從他對周作人的《西山小品》的評價中得到啓迪。他曾經津津樂道地說：「周先生的《西山小品》第一篇藉迷信事寫人對人的同情心，第二篇寫被壓迫的賣汽水的人的孤寂而強自寬慰的心情，頗給我以深刻的印象；而我因此覺得那個賣汽水人是個可愛的人，是一個『人』，有一個『樸質』的心……」〔註69〕顯然，在茅盾看來，人道主義的精品的基本條件，所寫的必須使人覺得「是一個『人』」，必然寫出「人對人的同情心」。《西山小品》，是體現周作人的「人的文學」和「平民文學」主張的藝術標本。茅盾對此的推崇不是很能說明問題嗎？

　　以上事實說明，在茅盾的早期思想中，人道主義思想和社會主義政治信仰之間的矛盾是客觀存在的。一方面，他在革命實踐中，通過學習馬克思主義和學習社會，初步確立了社會主義政治信仰；但另一方面，他從西方資產階級那裡接受的人道主義，尚未經過認眞的改造。這種人道主義思想，既在反對封建專制制度、抨擊以鴛鴦蝴蝶派爲代表的「保守舊道德」的文藝方面，發揮了極大的戰鬥作用，同反帝反封建的新民主主義革命有著一致性；但另一方面，畢竟也制約著他對社會、人生、歷史、現實、政治、文藝等一系列重大問題和具體問題的認識，使他有時並不能從本質上認識和把握事物，從而與社會主義的政治信仰存在著一定程度的對立。社會主義政治信仰和人道主義思想之間的矛盾，是茅盾早期世界觀的內在矛盾。這種內在矛盾，也是追隨無產階級革命的小資產階級知識分子所不可避免的。他們接觸了馬克思

〔註67〕雁冰：《致黃紹衡》，《小說月報》第 13 卷第 6 號。

〔註68〕同上。

〔註69〕同上。

主義，參加了革命的群眾運動，世界觀中的某些部分，發生了比較深刻的變化。但從整體來看，小資產階級的世界觀尚未徹底解體。這就必然出現世界觀中的這一部分與那一部分（例如馬克思主義與進化論、人道主義），某一局部與整個思想體系之間的矛盾。茅盾早期，在 1925 年之前，馬克思主義尚未佔據主導地位，它發生作用的程度和範圍都呈逐步擴大之勢，但一度只是在局部的範圍內起作用。就思想體系而言，從總體上來看，非馬克思主義思想因素與馬克思主義之間尚存在著矛盾。這是一種內在的、深層次的矛盾。只有解決這種深刻的內在矛盾，他的思想才可能出現巨大的飛躍和根本的轉變。

以上三個方面的特點，幾乎可以說是從不同的側面，勾勒出了茅盾頗具個性特點的人道主義全貌。周作人也講人道主義，茅盾也講人道主義。兩者之間異同並存。而以上所分析的第一方面的特點，使茅盾既有別於一般的人道主義者，也有別於同是人道主義者和進化論者的周作人。一味悲天憫人者、勸人為善者可以是人道主義者，茅盾也可說是人道主義者。茅盾與他們相比有無不同，又有什麼不同？茅盾早期人道主義思想所呈現的第二方面的特點，使他同那班悲天憫人、樂施好善以及對作惡者只是規勸和苦諫的人道主義者劃清了界限。而第三方面的特點，則更是像茅盾那樣的身兼政治家和文學家這二任者所特有，涉及比一般的人道主義者更深刻的內在矛盾。三個方面的特點交匯到一起，使我們得出了這樣一個結論：早期的茅盾作為人道主義者，是「這一個」。

如果將茅盾和魯迅的人道主義思想作一番比較，我們將更為深切地感受到茅盾早期人道主義思想的個體性特點。

從某種意義上說，早期茅盾和前期魯迅都是人道主義者。關於茅盾早期這方面的情況，我們在前面已經介紹得夠多了。這裡，無須再大量舉例加以證明。說到魯迅其時的人道主義，我們一定會想起他本人關於棄戎從醫和棄醫從文的自白。魯迅的自白至少告訴我們兩方面的事實：他棄戎從醫，其源出於受人道主義思想影響；稍後又棄醫從文，其源同樣是出於受人道主義思想影響。由此可見，魯迅早期人生道路上的兩次選擇，都與人道主義有關。此外，兩位文學巨匠，作為人道主義者，都堪稱是具有鮮明個性特色的「這一個」。人們絕不可能將他們混淆。

既然他們都是具有鮮明個性特點的「這一個」，不言而喻，他們宣揚、倡導人道主義，有自己的特有方式。換句話說，在大體相同之中，又有著諸多

不同。

　　早期茅盾講人道主義，著眼點在群體：早期魯迅講人道主義，著眼點在個體。茅盾早期思想的起點，是以人道主義去溝通人與人之間的感情，消除人間的隔閡，達到群體的交融。魯迅則不同。他的早期思想的起點，是以人道主義去發現單個人的價值，啓發單個人的覺悟。魯迅從文的目的，是「救大多數思想有病的人」，似乎他傳播人道主義之舉，也是著眼於群體的。但那是後來的事。魯迅在其早期的最初階段，以及此後的一段時間中，所注重的是單個的人。我們知道，魯迅主張「立人」。這裡所說的「人」，就是單個的人。那麼，如何「立人」呢？魯迅認爲：

　　　　人必發揮自性，而脫觀念世界之執持。惟此自性，即造物主。
〔註70〕

他還認爲：

　　　　精神現象實人類生活之極顚。非發揮其輝光，於人生爲無當；
　　而張大個人之人格，又人生之第一義也。〔註71〕

魯迅所企盼的是「張大個人之人格」。這和他提出的另一著名主張──「掊物質而張靈明，任個人而排眾數」〔註72〕──是相溝通的。當然，魯迅的主張是有特定內涵的。它的鋒芒所向，是洋務派「抱枝拾葉」的「富國強兵」論和改良派「君主立憲」的謬說。他把呼喚個性解放作爲喚起民眾的手段，甚至認爲：「人各有己，而群之大覺近矣」。他希望每個人都從一己的自我解放入手，藉此達到群體的覺醒，最後實現民眾的徹底解放。很顯然，魯迅早期對於個人的作用強調過甚。實事上他陷入了矛盾之中：一方面，他寄希望於「人各有己」，以此求得一盤散沙的中國變爲「人國」；另一方面，他又懷疑民眾能「人各有己」，能「張大個人之人格」。於是，他將期待的目光投向了尼采所說的超人：「是非不可公於眾」，「唯超人出，世乃太平」。〔註73〕這說明魯迅的早期思想中有著尼采學說的投影。他所設想的「張大個人之人格」的社會大工程，有賴於「超人」、「英哲」或曰「先覺者」來啓動。不是說魯迅完全襲用了尼采的思想學說，但至少可以說，魯迅的側重於個體作用的人

〔註70〕魯迅：《墳·文化偏至論》，《魯迅全集》第 1 卷第 44 頁，人民文學出版社 1981 年出版。
〔註71〕同上。
〔註72〕同上。
〔註73〕同上。

道主義思想中，是融入了尼采「超人」說中的某些因子的。

早期茅盾，致力於通過文學將人引向類所具有的共同性；而魯迅的思路則是──個體覺醒→群體大覺。通過比較我們可以看出：兩位文學巨匠的旨歸相同而途徑迥異。相比較而言，茅盾在他的人生起始階段的人道主義主張較爲籠統、空泛，而魯迅在他文學生涯的最初階段，在人道主義方面的思考較爲深入，然而這種深刻中又帶有很大的片面性。

早期茅盾，是從人性講到人道；而魯迅，則是從獸性講到人道。人性和獸性是相對立的兩個側面。要達到人道的境界，就必須張大人性的方面，抑制獸性的方面。人道就是張人性、除獸性。是否可以這麼說，茅盾在樹起人道主義的旗幟的時候，總是講人類的相通的方面更多一些，注意人性中的善的方面更多一些。他相信善是人的本性。他以爲文學可以起消弭隔閡、溝通感情、填平溝壑的作用；社會可以在互助中得以進化發展。

魯迅就不是這樣。對外，他激烈地抨擊帝國主義國家的「獸性愛國之士」：「執進化留良之言，攻弱小以逞欲，非混一寰宇，異種悉爲臣僕不慊也」。〔註74〕他尖銳地指出了這些人的與人道完全對立的獸性實質。對內，他激憤地將攻擊的矛頭直指封建統治者。他認爲，在封建統治者的壓迫剝削下，「實際上，中國人向來就沒有爭到過『人』的價格，至多不過是奴隸，到現在還如此，然而下於奴隸的時候，卻是屢見不鮮的。」〔註75〕他縱觀中國的漫長歷史，發出了這樣的浩嘆：「所謂中國的文明者，其實不過是安排給闊人享用的人肉的筵宴。所謂中國者，其實不過是安排這人肉筵宴的廚房。」〔註76〕問題的實質異常清楚：在中國，存在著兩類人──食人者和被人食者；中國的全部文明史就是──一部分人「吃」另一部分人。在食人者身上，哪還有半點人性？他們有的只是獸性。也許，用魯迅1925年文章中的言論作爲論據，從時間上說是太晚了些，已不屬早期或前期。但我們似乎可以說，在這一問題上，魯迅的基本觀點早已存在。我們可以追溯到1918年魯迅寫作小說《狂人日記》的時候。他筆下的狂人，從寫滿了仁義道德的歷史中讀出了兩個字：「吃人」。魯迅的見解和論述表現出常人

〔註74〕魯迅：《破惡聲論》，《魯迅全集》第8卷第23頁，人民文學出版社1981年出版。

〔註75〕魯迅：《燈下漫筆》，1925年5月8日、22日《莽原》週刊第3、第5期。

〔註76〕同上。

難及的深邃性。正因爲對統治者的獸性有著特別深刻的認識，所以，他絕少提什麼「善」、「爲善」、「從善」、「向善」等，而注重於揭示統治者惡的本質。在「三・一八」慘案以後，他曾經表示自己向來不憚以最壞的惡意來推測中國人（可是「三・一八」慘案的製造者們比預想的還要更惡）。按魯迅早期的思想狀況，絕不可能選擇和認同克魯泡特金的所謂「互助論」，不會對這類具有欺騙性的言詞一見傾心。

總之，茅盾是通過倡導「善」將人們引向人道主義，而魯迅則通過抨擊「惡」來張揚人道主義。兩條不同的道路一樣通向羅馬。他們可謂殊途同歸。

五

幾句不得不說的話。人道主義思想與社會主義政治信仰在矛盾中共存的現象，並沒有持續太長的時間。讓我們轉向對茅盾早期人道主義與文學觀關係的考察。早期的人道主義思想制約和規定了茅盾的文學功能觀。

當然，茅盾早期人道主義與社會主義信仰、共產主義思想在矛盾中共存的現象，延續的時間並不太長。由於來自主觀方面和客觀方面的諸多因素的共同作用，茅盾的思想發生了劇變。他早期的文學活動和社會活動，從宣傳西方的人道主義思想開始，以否定西方的人道主義、倡導無產階級藝術結束。對思想發展、演變的過程，本書第三章將有詳細的敘述和闡發。

現在，讓我們稍稍調整一下視角，來對茅盾早期人道主義與其文學觀的關係略作一番考察。我想以進化論對茅盾早期文學觀的影響爲參照，來進行自己的考察。

茅盾的進化說，似乎涵括了宇宙間的一切。它被用來解釋文藝問題時，又成了東方西方無一例外的通則。或許可以說，進化說更多地對茅盾早期的文學發展觀發生著制約和規定的作用。茅盾在早期的多半時間裡，不遺餘力張揚著進化論這一「通則」。而茅盾早期的人道主義思想，則更多地是對他的文學功能觀發生了影響。茅盾在 1925 年文學思想發生根本性的轉變之前，從人道主義觀點出發，規定了新文學的功能、屬性和使命。新文學的功能是爲人生，表現平民的人生或全人類的人生。茅盾在具體表述時常有牴牾。將人區分爲平民與貴族，是有感於人與人之間的不平等，意在爲平民爭取做人的權利。茅盾著眼於全人類時，強調的是人所具有的共同的人性、互助的本能，

表達了自己的某種理想和願望。這樣論述問題的時候，現實的色彩明顯地淡化了。而不管是強調文學表現平民的人生，還是強調表現全人類的人生，兩種說法的出發點和歸宿是一致的，那就是人道主義。照茅盾的觀點，將爲人生作爲宗旨，構成了新文學與舊文學的主要區別。「人的文學」，可以理解爲茅盾早期關於文學屬性的表述。文學可以有這個性、那個性，但文學首先必須具備的是人性，它首先必須是「人」的文學。對於這種文學來說，「人是屬於文學的」（茅盾語）。具體地說，「文學者只可把自身來就文學的範圍，不能隨自己喜悅來支配文學」。〔註77〕文學者表現的人生應該是全人類的生活，文學者筆下的人物的思想和情感是全人類的思想和情感。這樣造成的文學，就是「人的文學」。與此相聯繫，文學的使命是溝通人與人之間的感情，消除人與人之間的隔閡。實際上，文學的功能、屬性、使命，三者是密切相關的。茅盾在具體論述的時候，也往往是將它們融合在一起的。我們很難機械地加以區分。況且，對於文學的屬性，茅盾未曾有過明確的、正式的表述。但我們在綜覽茅盾早期的論述以後，卻還是可以作出上面那樣的概括。

　　茅盾早期，進化論思想是其文學觀的「根抵」，而人道主義思想則一度是他的文學觀的「靈魂」。我們發現，在他早期的論著中，「進化」、「進化說」一類字眼可謂滿眼皆是。幾乎是只要論及文學的變化發展，就言必稱「進化」。他是在進化論的基礎上，建起了文學發展觀的大廈。這中間，涉及文學觀念的發展，文學內容的發展，文學形式的發展，文學文體的發展，文學創作方法的發展，等等。而在茅盾的早期論著中，「人道主義」的概念使用得卻並不太多。這並不意味著人道主義思想在茅盾早期思想中無足輕重，可有可無。有時候，一篇具體的文章中可以沒有一個人道主義的字眼，但人道主義精神卻無處不在。它是融化在茅盾早期論著的字裡行間的，是融化在整個早期文學觀之中的。例如，茅盾多次強調：文學必須「綜合地表現人生」，從文字表面，似乎很難體會到有多少人道主義的意味。然而實際上，茅盾所說的「人生」，就包含了人道主義思想的內蘊。又比如，茅盾常常談到「同情」——文學要讓人能生同情心。而這種同情心往往又突破了階級的界限，實質上應當劃歸人道主義的思想範疇。以上兩例合起來是一種情況：論述的實際內涵是人道主義。另一種情況，在翻譯、介紹外國作家作品的過程中，其所作選擇

〔註77〕沈雁冰：《文學和人的關係及中國古來對於文學者身份的誤認》，《小說月報》
　　　　第 12 卷第 1 號。

和所隱含的傾向，或多或少地表現出茅盾自身的人道主義思想。有時，茅盾在翻譯完作品後，覺得意猶未盡，於是又通過「附識」的方式寫上幾句，把自己之所以選擇該作的動機交代出來。如翻譯完巴比塞的《錯》以後所做的那樣，明顯地將譯作的人道主義題旨點出。也有的時候，譯者並不明確交代，而讓讀者自己去品味，去體會。不管怎麼說，茅盾思想深處的人道主義成分，在譯作的選擇上是發生了潛在的作用的。爲什麼茅盾在眾多的外國作家中對托爾斯泰、陀思妥耶夫斯基、羅曼・羅蘭特別推崇，對他們的作品特別青睞？除了別的原因之外，一個很重要的原因是，茅盾和這些大文豪在人道主義思想方面是契合的。或者說，他們作品中所蘊含的人道主義因素，往往能引起茅盾的強烈共鳴。再一種情況是，茅盾在對當時文壇上的文學作品進行批評時，在貶褒之中也體現出了人道主義思想。茅盾心中自有衡量作品優劣高下的標準。對周作人的散文《西山小品》的讚美，體現了衡量作品時的人道主義眼光。綜上所述，我認爲可以得出如下結論：進化論對茅盾早期文學觀的影響，是有聲有色的；而人道主義對茅盾早期文學觀的影響，則多半是無聲無息的。但兩種影響，卻同樣深刻。

第三章 「我也是混在思想變動這個漩渦裡的一份子」
——馬克思主義與茅盾早期思想的發展

一

茅盾是最早對十月革命作出積極反應的中國進步知識分子之一。茅盾早期接受馬克思主義影響的思想軌跡。這一過程中的三個階段。由初識馬克思主義，到確信「馬克思底社會主義」而又存在與之對立的思想，再到自覺清理自己的思想，力圖使之符合馬克思主義。

偉大的十月革命，使人類歷史進入了新紀元，此後也使中國歷史進入了新紀元。「十月革命一聲炮響，給中國送來了馬克思主義。」十月革命以後，馬克思主義開始在中國逐步傳播開來。

茅盾是最早感受到將對世界進程發生深刻影響的十月革命的巨大意義，並對此作出積極反應的中國進步知識分子之一。他曾經富於預見性地指出：「今俄之 Bolshevism 已彌漫於東歐，且將及於西歐，世界潮流，澎湃動蕩」，「二十世紀後半期之局面，決將受其影響，聽其支配」。〔註1〕字裡行間，流

〔註1〕雁冰：《托爾斯泰與今日之俄羅斯》，《學生雜誌》第6卷第4～6號。

露出掩飾不住的喜悅。當然，這時的茅盾還很難說已經受到馬克思主義的多深影響。但他的政治敏感，恐怕是當時的其他作家所不及的。請注意，茅盾說這個話的時候是 1919 年。

以後的情況是急轉直上。

在我們黨創建初期，茅盾就已經是爲數不多的黨員之一了。1920 年 10 月，他由李漢俊介紹加入了上海的共產主義小組（關於時間，說法不一。現暫依茅盾本人的說法）。陳獨秀曾讓茅盾把英文的《蘇聯共產黨黨章》譯成中文，以作爲起草中國共產黨黨章的依據。由此看來，茅盾早期參加了黨創建時期的某些重要活動。不僅如此，他還以翻譯工作爲黨的建立進行輿論的準備。黨的機關刊物《共產黨》在上海創刊以後，他在該刊第 2 號（1920 年 12 月出版）上發表了《共產主義是什麼意思》、《美國共產黨黨綱》、《共產國際聯盟對美國 I WW（筆者注：世界工業勞動者同盟的簡稱）的懇語》、《美國共產黨宣言》等四篇譯作，熱情地傳播了共產主義思想。評介的過程對於他來說，同時又是一個學習的過程。或許可以說，茅盾早期是邊評價、傳播馬克思主義，邊學習、接受這一先進的世界觀和方法論的。在 1921 年 4 月出版的《共產黨》第 3 號上，茅盾又寫了《自治運動與社會革命》一文，批判了當時的省自治運動鼓吹的資產階級民主，指出這實際上是爲軍閥、帝國主義服務的，中國的前途只有無產階級革命。

茅盾寫道：

> 無產階級的革命便是要把一切生產工具都歸生產勞工所有，一切權力都歸勞工們執掌，直到減盡一分一毫的掠奪制度，資本主義絕不能復活爲止。這個制度，現在俄國已經確定了，並且已經有三年的經驗，排除了不少的困難，降服了不少的反對者；英、法、德、美、意各國的勞工都曾幾次想試驗這個新制度，是他們國內的資本家出死力反對，以致一時不能實現。但是我們要明白：這是資本家的回光反照罷囉！勞工階級（無產階級）的人數是一天多似一天，資本階級的人數是一天少似一天，──馬克思預言的斷定，現在一一應驗了──最終的勝利一定在勞工者，而且這勝利即在最近的將來，只要我們現在充分預備著！

在茅盾早期的政治生涯和文學生涯中，這一段論述眞是太重要了。它表明：茅盾當時對馬克思主義的基本觀點已有一定瞭解，而且表述得頗爲準確，

此其一；其二，茅盾對無產階級革命的勝利充滿著信心；其三，茅盾在一年以後表示確信馬克思的社會主義，實際上是早有思想基礎的。在同時代的作家中，在二十年代初期就這樣多地接觸馬克思主義，這樣熱情地鼓吹無產階級革命的人，實屬鳳毛麟角。在同期的《共產黨》雜誌上，茅盾還發表了他的譯作——《共產黨的出發點》。此後，茅盾又翻譯了列寧的《國家與革命》中的一章，在《共產黨》第 4 號上發表。譯介馬克思主義原理和宣傳共產主義基礎知識的工作，使茅盾本身受到了馬克思主義的教育和薰陶。1921 年 9 月，茅盾撰文對中國的無政府主義提出了質疑。他認為：「若說中國國民性是合於無政府主義，無抵抗主義，其實不很對的。」〔註2〕他否定「中國國民性適合於無政府主義」的說法，但同時又留了條尾巴：「至於無政府主義在現今是否能實行，那是本題以外的話，不及多說。」〔註3〕文章試圖探索一條能引導人們到達自由之國的道路。他認為，「無政府主義絕不是辦不到的」，「而以我個人的意見看來，布爾什維克式的集權政策和中國國民性並不相反；我們中，誰也不肯相信中國現在的不死不活的狀態能維持到十年二十年之久，我們都相信快時十年內中國局勢總要變化，所以也都覺得在現今要開步走的時候，方向一定先要決定！」〔註4〕字裡行間，流露出對中國未來的社會變革的企盼和幢憬，對布爾什維克的集權政策的發自內心的擁護。此文和五個月前的《自治運動與社會革命》一文息息相通。彼文側重於考察俄國革命，而此文則側重於預測中國的未來，然而都對布爾什維克充滿了感情，充滿了信心。然而，茅盾的《「中國的無政府主義」質疑》一文，始終未對無政府主義加以徹底否定。它給人以這樣的印象：說中國國民性只適合於無政府主義，這不對，中國的國民性與布爾什維克的集權政策是可以相合的；但中國出現社會變動後，無政府主義也是可以辦到的。這是由茅盾本身的思想混亂造成的。

1922 年，是茅盾早期思想發展中的一個重要年份。這一年的 5 月 4 日，茅盾在交通大學上海學校會生會「五四」紀念講演會上作了講演。他在講演中勾勒出了「五四」以後青年思想變動的概貌，對新村運動、人道主義和無政府主義的發達和得勢的狀況作了描述，對其發達和得勢的原因進行了分析。也就是在這一次講演中，茅盾簡要地回顧了自己思想發展的歷程。他莊

〔註2〕雁冰：《「中國的無政府主義」質疑》，1921 年 9 月 4 日《民國日報·覺悟》。
〔註3〕同上。
〔註4〕同上。

嚴地宣告：原本因找不到一個歸宿因而感到了很深煩悶的自己，近來找到了
一個可以將終極希望都放在彼上面的路子。這路子不是別的什麼，而是「馬
克思底社會主義」。茅盾所說的完全是自己的肺腑之言。這次講演的意義在
於，它表明：茅盾對於「馬克思底社會主義」，不僅開始有了理性的認識，而
且已經將它確定爲自己終生奮鬥的目標。其意義自然非同尋常。這一年，茅
盾還發表了另一篇重要文章——《「個人自由」的解釋》。當時，一個名爲枕
薪的人，在《時事新報》上發表了一篇題爲《布爾什維雪姆與個人主義》的
「時論」。文章從小資產階級的立場出發，指責「布爾什維雪姆是反個人主義
的」。文章認爲：「十月革命之後，個人非但得不到自由，並且連固有的自由
也失掉了。」〔註5〕茅盾以特有的政治敏感指出：這句話將文章作者「從小資
產階級那裡得來的心理的暗示，完全表白出來了」。〔註6〕茅盾手操馬克思主
義的階級分析方法，對「個人自由」作出了全新的解釋：「在資本家的社會裡，
限制個人自由是無產階級的鎖鐐，在無產階級執政的社會裡（請不要誤會無
產階級執政是由個個無產階級者來一齊執政……），限制個人自由就變成了帝
制遺孽、軍閥走狗的鎖鐐。」〔註7〕從這裡，我們可以看到茅盾對無產階級當
政所作的大體準確的理解。在當時的歷史條件下，茅盾能達到這樣的認識水
平，實在是難能可貴的。然而茅盾的另一些論述，顯然就失之偏頗了。例如，
茅盾認爲：「小資產階級的自由是兩方面的，一面是自由朝大資本家大軍閥哪
頭，一面是自由壓制欺侮無產階級。」〔註8〕如果是這樣，小資產階級不就成
了無產階級的敵人了麼？這樣一種判斷，實質上就將小資產階級拒之於革命
的大門之外了。「無產階級是沒有自由、只有鐐鎖的！他們的鐐鎖打斷的日
子，方是得到自由的日子；所以社會革命是無產階級的革命，是小資產階級
大資產階級同歸於盡的日子！」〔註9〕茅盾所得出的這個結論，可以按照他當
時的思想邏輯很自然地推斷出來。其前半截是經得起推敲的，而後半截未免
混淆了敵我友。綜上所述，我認爲，茅盾的《「個人自由」的解釋》一文，在
確立階級觀點方面，在認識無產階級專政的職能方面，在捍衛布爾什維克和
爲它辯誣方面，較前有了明顯的進步。但它在思想上、表述上，又是存在著

〔註5〕Ｙ・Ｐ：《「個人自由」的解釋》，1922 年 8 月 29 日《民國日報・覺悟》。
〔註6〕同上。
〔註7〕同上。
〔註8〕同上。
〔註9〕同上。

明顯的失誤的。也就是在《「個人自由」的解釋》這一篇文章中，茅盾說到了自己對馬克思主義的態度：「我近來對馬克思主義，竟愈加覺得便『只信看』——（這是不用全力研究之謂）——也罷啊。」〔註10〕從茅盾的自述再結合當時的實際情況來看，馬克思主義只是茅盾當時研究的多種主義中的一種主義。他以一部分精力研究馬克思主義，又以相當一部分精力研究流行的其他主義。他研究羅塞爾、克魯泡特金和無政府主義，研究托爾斯泰和無抵抗主義，研究愛倫凱和女權主義，研究達爾文和進化學說。在研究別的種種主義的時候，他表現出了不同程度的傾心和認同。而不像有的論者想像的那樣，茅盾是從馬克思主義的立場觀點出發，去觀察、分析當時流行的種種思想、學說，去觀察、分析各種社會問題。因此，不管從哪一方面講，《「個人自由」的解釋》一文都具有不容低估的意義和價值。

同期，茅盾還以極大的熱忱關注蘇聯的文藝，對此寄予厚望。他從蘇聯的文藝中汲取著營養，豐滿和滋潤自身。同時，他又義正辭嚴地駁斥了蘇維埃的敵人們對於無產階級文藝的誹謗。敵人們抵毀蘇聯文藝。說它「正經歷著衰落」，「一切類型的藝術都擔當著公然的政治宣傳的職責，並且由於缺少文化的工人讀者、旁觀者的到來，藝術本身正在墮落」。茅盾運用他所能查找到的資料，抨擊了上述誹謗性的論調。他力圖說明：這些言論是缺乏事實根據的，是站不住腳的，只能說明對蘇聯的文藝抱有偏見，對蘇聯作家貼近勞動者的做法抱有偏見。在一則《海外文壇消息》中，茅盾以毋庸置疑的口吻說道：「無產階級的自由活動於藝術界中，也許就是開始藝術史的一頁新歷史的先聲。」他對蘇聯文藝的評價是何等的高！根據茅盾的見解，無產階級在藝術界中「進入角色」，具有異乎尋常的意義。藝術史的新篇章將從這裡開始。由於無產階級的自覺的介入，藝術將步入一個新的時代。應當說，對蘇聯文藝的這樣高、這樣精闢的評價，不是當時眾多的進步作家所能作出的。這需要有冷靜的政治頭腦和敏銳的眼光，需要有一定的馬克思主義理論素養，需要有對文藝發展前景的科學預測。另一方面，茅盾對蘇聯文藝所取的態度，也是他在馬克思主義指導下所作出的反應。幾年以後，他以蘇聯文藝為藍本全面介紹無產階級藝術，是情理之中的事情。如果說《「個人自由」的解釋》一文主要體現了茅盾當時對無產階級專政的理解的話，那麼，也可以說，《海外文壇消息》中對蘇聯文藝、蘇聯文化的介紹、評述，時時透露出他對無產

〔註10〕Ｙ・Ｐ：《「個人自由」的解釋》，1922年8月29日《民國日報・覺悟》。

階級專政下意識形態領域的關注。而在介紹蘇聯文藝的過程中，他又特別地推崇高爾基。他稱高爾基的作品是「勇敢大膽的叛逆和對於未來世界的確切信任」，「高爾該的文學」「革命性極強，又極動人，自托爾斯泰以來，能夠得俄國青年一致歡迎的，自然莫過於高爾該了」。這是茅盾對無產階級文學奠基人高爾基的稱道。這件事本身就說明：茅盾思想上正在向高爾基貼近，向馬克思主義文藝思想貼近。

　　與早期共產黨人鄧中夏、惲代英的頻繁接觸和並肩戰鬥，使茅盾看到了運用馬克思主義的基本原理觀察和分析問題的楷模。鄧、惲以主要的精力從事政治鬥爭，而又時常涉足於文壇。他們對文藝問題的見解，往往比茅盾的更為深刻和精到，而且也更接近於馬克思主義。當然，楷模本身對於問題的認識，也難免會有幼稚的一面，不盡如人意的一面。但榜樣的力量無疑是巨大的。茅盾論及文學的作用，強調文學必須為人生，為全人類的人生，必須有助於消弭人與人之間的溝壑和嫌隙。他執著於文學為人生，而對文學為人生的解釋又不免籠統、模糊。鄧中夏、惲代英論及文學，強調的是文學的喚醒民眾、啟發民眾覺悟的作用。無論是鄧中夏的《貢獻於新詩人之前》，還是惲代英的《八股》，都是如此。茅盾發表於 1923 年底的《「大轉變時期」何時來呢？》一文，是對鄧、惲觀點的響應和支持。「我們希望文學能夠擔當喚醒民眾而給他們力量的重大責任。」〔註 11〕茅盾的上述見解，相對於文學的使命是「擴大人們的同情」的說法，無疑是一個大的變動。這篇文章，標誌著茅盾在文學道路上跨出了新的一步。1923 年至 1924 年，正如茅盾自己所說，他正處於「文學與政治的交錯」之中。他滿腔熱情地投入了革命的實際鬥爭。其時，茅盾被選為中共上海地方兼區執行委員會委員，並被指派為國民運動委員會委員長。「過去是白天搞文學（指在商務編譯所辦事），晚上搞政治，現在卻連白天都要搞政治了。」〔註 12〕在這一時期，茅盾幾乎成了職業革命家。但是，他始終沒有丟棄自己手中的筆，始終沒有離文學而去。他以驚人的毅力擠時間從事文學活動。因為置身於「文學與政治的交錯」之中，因此，他這一時間段中的文學活動，也就帶上了濃厚的政治色彩。他所寫的文學評論，常常是同政治鬥爭緊密相關的，抑或，作品評論中寄寓著對作品本身和政治鬥爭的某種思考與感想。1923 年秋冬之交，他為《灰色馬》作了一篇序。

〔註11〕見《文學》週報第 103 期（1923 年 12 月 31 日）。
〔註12〕茅盾：《我走過的道路》（上）第 239 頁，人民文學出版社 1981 年出版。

他在《序》中寫道：「方今國內的政策，日益反動，社會革命的呼聲久已沉寂，
憂時者或以爲在這人心麻木的時候，需要幾個『殺身成仁』的志士，仗手槍
炸彈的威力，轟轟烈烈做幾件事，然後可以發聲振瞶挽既死之人心，所以《灰
色馬》在這個時候單行於世，或者能夠給人以深刻的印象。」〔註 13〕茅盾以
政治家所具有的眼光，捕捉著《灰色馬》所能體現的政治意義和價值。他將
自己的政治見解用極爲明晰的語言表述了出來：「我以爲《灰色馬》如果能夠
在這時候引起現代青年的注意，則希望他們一併牢記一句話：社會革命必須
有方案，有策略，以有組織的民眾爲武器，暗殺主義不是社會革命的正當方
法。」〔註 14〕任何深刻的社會革命，都不能依賴暗殺主義。因爲暗殺主義不
可能解決社會的深層次的帶根本性的問題。茅盾意識到民眾中存在的偉力，
意識到將民眾組織起來的重要性。這是「二・七」工人運動所顯示的巨大力
量使他得到的啓迪。茅盾對刺客和暗殺持否定態度，不自 1923 年始。我們向
上追溯一下，可以看到，早在少年時代，茅盾就已經在這個問題上形成了自
己的獨到見解。二十世紀初期，孫中山、黃興等憑藉同盟會等革命組織，發
動了旨在推翻滿清王朝的武裝起義。但某些過激的革命黨人，卻熱衷於行刺，
熱衷於暗殺。1905 年 9 月，吳樾在北京前門車站行刺出洋考察的載澤等五大
臣；1907 年 7 月，徐錫麟在安慶刺殺安徽巡撫恩銘；此後，又有汪精衛參與
的謀刺攝政王載灃的舉動。涉世未深的少年茅盾，在題爲《燕太子丹使荊軻
刺秦王論》的作文中，提出了「強國在修武備」、不可「惟刺客是信」的觀點，
甚至表現出了與年齡不相稱的老到和深沉。在反對暗殺主義這一點上，茅盾
1923 年時的思想與少年時是一脈相承的。但是，前後的心理寄託並不一樣。
少年時寫作史論之際，茅盾對民眾的力量尚缺乏切切實實的認識，雖然也會
說幾句「喚起民眾」之類的話，但實實在在說，他還是寄希望於英雄豪傑、「非
常之人」。他在《祖逖聞雞起舞論》中感慨頗深地寫道：「欲立非常之功。必
待非常之人。既有非常之人矣。而無時勢之可乘。不得建非常之功。雖然時
勢至矣。而無重權以展其雄才大略，亦不得建非常之功。」茅盾在這裡所說
的「時勢」，大抵是指機遇，指能否遇上「明主」。他把救國救民的理想完全
寄託在英雄豪傑和明主聖君身上了。這從積極的方面看，可說是體現了少年
茅盾的崇拜英雄、以天下爲己任、渴望有所作爲的思想側面；但另一方面，

〔註 13〕雁冰：《〈灰色馬〉序》，《時事新報・文學旬刊》第 95 期（1923 年 11 月 5 日）。
〔註 14〕同上。

將「非常之人」視為推動歷史前進的動力，這畢竟體現了當時思想的局限性，留有歷史唯心主義影響的痕跡。

茅盾在 1923 年寫作《〈灰色馬〉序》的時候，情況就有了很大不同。他在論及社會革命的時候，著眼點不是英雄豪傑，而是民眾，是「以組織民眾為武器」。相對於少年時期的思想而言，這是一個值得稱道的飛躍。其精神實質與歷史唯物主義重視人民群眾在歷史進程中的作用的觀點相吻合。茅盾的思想飛躍來得並不突兀。實際上，在他接觸馬克思主義的開初階段，就已經初露了歷史唯物主義觀點的端倪了。

這裡有現成的材料可作佐證：

> ……火車向前去，道旁看者只見幾個窗洞露臉的人罷了，車子裡上千上萬的人，卻都不看見。這火車的進程自然可和人類的進程相比，人類進程中也只不過有幾個人露臉罷了，不曾露臉的正有恆河沙數；然人類的進步卻絕不僅是這幾個露臉者的功勞，許許多多不露臉者的功勞，也正未可一筆抹殺。這幾個露臉者也不是他們自己真是「得天獨厚」，「天之驕子」，什麼「賢人」，什麼「聖哲」，他們亦不過是境遇碰到他要露臉，所以就不期然而然的露臉了；他們的露臉正是不得已呀！〔註15〕

一個異常通俗、異常樸素的比喻，包含了茅盾對人類歷史進程的某種深刻理解。在人類歷史進程中，確實既有露臉者，又有不露臉者。茅盾這段論述的高明之處在於，不僅肯定了少數露臉者對於人類進步的功勞，而且也肯定了眾多不露臉者的功勞，此其一；其二，茅盾還深刻地指出，露臉者的露臉，是境遇使然，並不是因為他們是什麼「賢人」、「聖哲」，這種說法，就很有一點時勢造英雄的味道了。一般說來，在歷史進程中，人民群眾往往是雖不露臉卻又最終推動歷史進步的力量。肯定不露臉者的功勞，實際上也就是肯定人民群眾的功勞。這是符合歷史唯物主義的觀點的。遺憾的是，茅盾對許許多多不露臉者的功勞的肯定，尚不夠充分，這又不能不是一個不足。然而不管怎麼說，肯定不露臉者的功勞，這無論如何也讓我們看到了茅盾的唯物史觀的思想萌芽。從這點上說，對於上述論述絕不可等閒視之。

讓我們再回到原先的話題上。

1924 年 4 月，印度詩哲泰戈爾應邀前來中國訪問。這時，正是「整理國

〔註15〕雁冰：《活動的方向》，1921 年 7 月 11 日，《時事新報·學燈》。

故」的鼓噪甚囂塵上之時。當時一些邀請泰戈爾來訪的學者、名流是別有企圖的，那就是想藉泰戈爾的嘴巴來宣傳所謂「東方文化」，爲正在形成之中的文化界「復古」的反動逆流推波助瀾。對於泰戈爾的訪華，當時的一部分知識分子十分激動。這些情況，引起了共產黨的注意。黨中央認爲，需要在報刊上寫文章，表明自己對泰戈爾這次訪華的態度和希望。於是，茅盾遵照黨的指示，撰寫了《對於泰戈爾的希望》和《泰戈爾與東方文學》兩篇文章。他針對玄學家和東方文化使者的歡迎詞（「好了，抨擊西方文化，表揚東方文化的大師到了！他一定會替我們指出迷途；中華民族有了出路了！」）和「愛好文學的正在煩悶的青年們」對於泰戈爾的期望（「他在荊棘叢生的地球上，爲我們建築了一座宏麗而靜謐的詩的靈的樂園」），精闢地指出：「我們也相對地歡迎泰戈爾。但是我們絕不歡迎高唱東方文化的泰戈爾；也不歡迎創造了詩的靈的樂園，讓我們底青年到裡面去陶醉去暝想去慰安的泰戈爾」，「我們應該歡迎的泰戈爾是實行農民運動的泰戈爾，鼓勵愛國精神激起印度青年反抗英帝國主義的詩人泰戈爾」。〔註16〕從而較好地宣傳了黨中央的指示精神，廓清了因泰戈爾來訪所引起的思想混亂，把事情從消極引導到了積極的方向。

　　隨著革命鬥爭的深入，茅盾與革命的群眾運動有了更爲廣泛的聯繫。他經歷了1923年以「二七」大罷工爲代表的工人運動高潮，又親身投入了震驚中外的「五卅」運動，並參與領導了商務印書館工人的罷工鬥爭。在「五卅」運動中，他目睹了反動派鎮壓罷工工人的法西斯猙獰面目。敵人槍口射出的子彈和人民慘遭槍殺流淌的鮮血，使他清醒地看到了人性的差異。他沉浸在極度的悲憤之中。悲憤之情傾瀉於筆端，他很快寫就了《五月三十日的下午》、《暴風雨》和《街角的一幕》等一組散文。我們知道，在這之前，他是只翻譯、批評和編輯，而並不從事創作。他創作上述散文，完全是受「五卅」慘案所引起的激憤心情的驅使。散文這種文學樣式，在這時的茅盾手裡，成了匕首和投槍，發揮了不可低估的戰鬥作用。在《五月三十日的下午》中，他怒不可遏地寫道：「誰肯相信半小時前就在這高聳雲霄的『太太們的樂園』旁曾演出過空前的悲壯熱烈的活劇⋯⋯誰還記得在這裡竟曾向密集的群眾開放排槍！誰還記得先進的文明人曾卸下了假面具露一露他們狠毒醜惡的本相！」〔註17〕這是作者向雙手沾滿革命人民鮮血的反動派噴出的憤怒的烈

〔註16〕雁冰：《對於泰戈爾的希望》，1924年4月14日《民國日報·覺悟》。
〔註17〕見《文學》週報第177期（1925年6月4日）。

焰。「五卅」運動，給茅盾上了生動實際的一課，使他最終放棄了、否定了進化論思想和資產階級人道主義思想。一方面，是正義的先驅者們在戰鬥、在流血；另一方面，是有人在說風涼話。茅盾在《五月三十日的下午》中用形象的筆調寫道：

> 忽地有極漂亮的聲音在我耳邊響道：「他們簡直瘋了！他們想拚著頭顱撞開地獄的鐵門麼？」我陡的轉過身去，我看見一位翹著八字鬚的先生（許是什麼博士罷）正斜著眼睛看我。他，好生面熟；我努力要記起他的姓名來。他又衝著我的面孔說道：「我不是說地獄門不應該打開，我是覺得犯不著撞碎頭顱去打開──而況即使拚了頭顱未必打得開。難道我們沒有別的和平的方法麼？而況這很有過激化的嫌疑麼？我們是愛和平的民族，總該用文明手段呀。實在最好是祈禱上蒼，轉移人心於冥冥之中。再不然，我們有的是東方精神文明，區區肉體上的屈辱何必計較……〔註18〕

這裡的「他」，並不是實實在在的具體的人，而是當時許多人中普遍存在的糊塗觀念的化身。而「黃髮碧眼的武裝的人」「提著木棍不分皂白亂打」華人，便是對試圖用「和平的方法」、「文明手段」撞開地獄的鐵門者的最實際的教育。茅盾當然不可能是有著極漂亮聲音的「他」。然而，「他」的說教的背後所包含的是資產階級人道主義思想的底蘊。以往的茅盾，似乎與此有著某些相通之處。茅盾努力使自己的心情平靜下來，加緊進行實際上早些時候已經開始的冷靜的反思。在他的有著「清理一番自己過去的文學藝術觀點的意思」的重要文藝論文──《論無產階級藝術》──中，他嘲笑了自己過去曾經採用過的「全民眾」的提法：「在我們這個世界裡，『全民眾』，將成為一個怎樣可笑的名詞？我們看見的是此一階級和彼一階級，何嘗有不分階級的全民眾」？〔註19〕這表明，茅盾已經由資產階級人道主義轉向馬克思主義的階級論；相應的，在文藝上，他用「為無產階級的藝術」，對「為人生的藝術」的觀點，進行了充實和修正。

稍後，茅盾的《蘇俄「十月革命」紀念日》一文，表明他在政治觀方面已經達到了早期思想發展中的最高峰。

〔註18〕 見《文學》週報第 177 期（1925 年 6 月 4 日）。
〔註19〕 見《文學》週報第 172、173、175、196 期（1925 年 5 月 2 日、17 日、31 日和 10 月 24 日）。

茅盾毫無保留地肯定了十月革命對於俄羅斯廣大群眾的意義：

　　　　總而言之，消滅俄羅斯的一切壓迫階級，解放俄羅斯的一切被
　　壓迫階級，將這一切的被壓迫階級團結在社會主義蘇維埃聯邦的赤
　　幟下面，共享人類真正自由平等的幸福，並且努力援助世界上大多
　　數尚受壓迫的階級脫離他們的鎖鏈：這便是俄羅斯十月革命的總成
　　績！這便是十月革命對於俄羅斯廣大群眾的意義！〔註20〕

從哪一方面看，茅盾的以上概括都是極為精闢的，是無可挑剔的。沒有很高
的馬克思主義理論素養，很難設想能作出如此概括。

　　茅盾還揭示了十月革命對於全世界民眾的意義：

　　　　十月革命是終止近代掠奪欺騙的國際政治的大活劇的序幕，是
　　世界社會革命的第一頁！十月革命的重要的世界意義，一是被壓迫
　　的無產階級推翻了他們的統治者壓迫者，奪過政權來，建設了無產
　　階級的國家，做世界無產階級革命的榜樣；二是被壓迫的弱小民族，
　　解放出來，享各民族應有的自由平等，做世界資本主義國家統治被
　　壓迫民族的民族革命的榜樣。從第一個意義，就有了西方資本主義
　　國家中的被壓迫階級的無產階級革命運動；從第二個意義，就有了
　　東方許多大的小的被壓迫民族革命運動。〔註21〕

　　茅盾對十月革命的世界意義的概括既有理論的深度，又有歷史的高度，
是極為精當的，甚至與1940年毛澤東在《新民主主義論》中的概括，也是大
體相通的。

　　總之，十月革命是「劃分人類政治史新紀元」的偉大革命，這就是茅盾
所作的總概括。

　　在文中，茅盾由蘇俄談到中國，由列寧領導的「西方無產階級革命」，談
到由孫中山領導的「東方的民族革命」。他認為：「西方無產階級革命的導師
是列寧」，而「東方的民族革命的導師是本黨先總理」孫中山；先總理是東方
民族革命運動的「唯一偉大的導師」。孫中山確是中國近代史上的一位偉人，
他領導的資產階級民主革命確實譜寫了輝煌的業績。但把孫中山與列寧等量
齊觀，把中國的資產階級領導的舊民主主義革命與列寧領導的無產階級革命
相提並論，這是不甚恰當的。即使考慮到當時國共合作的特殊歷史條件，我

〔註20〕見1926年1月國民革命軍總司令部編印的《革命史上幾個重要紀念日》一書。
〔註21〕同上。

認為這中間仍然體現了茅盾在思想認識上的某種局限性。

以上是對早期茅盾接受馬克思主義思想的過程的簡要描述。這個過程包含的內容，實際上要比我們所提到的豐富得多。但不管怎麼說，我已經將大體脈絡勾勒出來了。

在此基礎上，我們可將上述過程概括為三個階段。第一個階段，從 1919年至 1921 年。在這段時間中，茅盾組織上入了黨，對馬克思主義開始有所接觸，但只能算是「初識」。接觸的方式是譯介。當時，黨還處在初創階段，黨內的馬克思主義理論水平還不高，茅盾對馬克思主義的理解也還很膚淺，這也是情理之中的事情。第二階段，是茅盾確立政治信仰的階段。時間大體從 1922 年始，到 1925 年「五卅」運動前夕。入黨以後，並不標誌著茅盾已經確立了共產主義世界觀，已經徹底地布爾什維克化了。實際情況是，在時代變動和人們思想變動所形成的漩渦中，茅盾似乎並沒有一下子就找到自己的歸宿。他為此曾感到煩悶。這種煩悶的實際內涵，是任何一個正直的人都能體會到的。然而，茅盾在不太長的時間裡找到了自己的歸宿。「確信了一個馬克思底社會主義」，這是一位共產黨人所作出的與自己的光榮稱號相稱的選擇。這是茅盾人生旅程中的莊嚴宣言，具有界碑的性質。但這一時期茅盾的思想發展，也暴露出了明顯的思想弱點：一是未能將馬克思主義與火熱的群眾運動結合起來，因而並沒有理解和掌握馬克思主義的精髓；二是並未自覺運用馬克思主義，衝擊進化論和人道主義，所以出現了這樣一種複雜的局面——對於社會現象和文藝現象的解釋，有時運用的是馬克思主義思想，有時用的則是人道主義思想和進化論思想，或其他什麼思想。可見，在第二階段上，茅盾雖正在確立馬克思主義政治信仰，但對馬克思主義的消化、領會需要一個過程。第三個階段，是在比較高的立點上接受馬克思主義的階段。時間上以「五卅」運動前夕為起點。階級鬥爭的急風暴雨，血與火的洗禮，使茅盾茅塞頓開：在這個世界上，並無什麼不分階級的全民眾，而只有存在著區分和對立的此一階級和彼一階級。茅盾由此深刻領會了有血有肉的馬克思主義。「五卅」運動為茅盾學習、接受馬克思主義提供了契機，將茅盾推上了早期思想發展的嶄新階段。在這一個階段上，用馬克思主義觀點來看問題，開始成為一種自覺的意識。「清理一番自己過去的文學藝術觀點」，清理，就具有自覺的意味。當然，即使是這一階段，茅盾對馬克思主義的理解和把握，也並不就是完全準確的。

如果說第一階段所表現出來的特點是尚「膚淺」的話，那麼，第二階段的特點是「駁雜」，而第三階段的特點則是「自覺」。高度的概括可以使問題極其簡明，但常常要付出昂貴的代價。不過我想，茅盾早期在接受馬克思主義方面，路確實是這麼一步一步走過來的。

二

　　馬克思主義對茅盾早期思想的衝擊力。對「民族協調論」的自我
　　否定。從同情第四階級到主張無產階級的解放。文藝思想發生了
　　巨大的轉變。馬克思主義促成了茅盾早期思想發展中的質變。

如同許許多多激進的革命民主主義者從馬克思主義中汲取了豐富的政治營養一樣，茅盾也從中獲得了巨大的前進動力。可以毫不誇張地說：馬克思主義促使茅盾完成了早期思想中的質變。

將茅盾在《論無產階級藝術》一文發表前後的思想放到一起加以對照，是一件值得一做的事情。

我們看到的是——

其一，對「民族協調論」的徹底的自我否定。

茅盾在二十年代初期，曾經從人道主義立場出發，多次宣揚過「民族協調論」。例如，1921 年 1 月，他在《文學和人的關係及中國古來對於文學者身份的誤認》一文中，曾經說過：「文學者現在是站在文學進程中的一個重要分子；文學不是消遣品了，是溝通人類感情代全體人類呼籲的唯一工具，從此，世界上不同色的人種可以融化可以調和。」〔註 22〕在他當時看來，藉著文學這一工具的幫助，可以達到各民族之間充分協調的至善境界。可是，在寫於《論無產階級藝術》之後的《告有志研究文學者》一文中，他的說法就迥然不同了。他指出：「有些人以爲文學對於人群的貢獻是把人類本性解釋明白，因此達到各民族間的互相瞭解，而得消泯嫌隙，維持和平。他們以爲文學是溝通情感的最適宜的工具（筆者按：其實茅盾所說的「他們」之中，也就包含了過去的他自己）。人與人之間的隔膜可以由人們的掬誠相見的一席話而消滅，民族間的仇視或猜忌，也可以由各該民族文學家的赤裸裸地表白自己而得相互的瞭解。」〔註 23〕茅盾否認彼此瞭解就可以消滅民族間的衝突的說法，

〔註 22〕見《學生雜誌》第 12 卷第 7 號。

〔註 23〕同上。

尖銳地責問道：「我們誰能相信只要彼此瞭解，民族間的衝突就可以消滅麼？誰能相信現代各民族——實在是政府，彼此間不斷的難調處的衝突，單是爲了不瞭解麼？」〔註24〕那麼，民族之間衝突的本質是什麼呢？是民族壓迫。茅盾這時已明確認識到：解決民族衝突的根本途徑是爭取民族解放。從而，過去頻繁使用的「弱小民族」、「被損害者被侮辱者」以及「全人類」等等籠統含糊的提法，此後就較少出現了。按照馬克思列寧主義的觀點，在階級社會裡，民族問題產生的根源是生產資料私有制。民族問題是革命發展總問題的一部分。十月革命前，主要是被統治民族反抗統治民族中的剝削階級的壓迫和剝削，爭取民族平等和民族獨立，屬於世界資產階級民主革命總問題的一部分；十月革命後，擴大並轉變爲民族殖民地問題，屬於世界無產階級革命總問題的一部分。在當時的條件下，茅盾當然不可能十分透徹地瞭解列寧主義關於民族問題的如此博大精深的內容（何況在這一問題上，馬列主義也是隨著實踐的發展而不斷發展的）。然而，茅盾卻抓住了至關重要的一點：民族間的仇視和衝突，不是靠溝通感情就能消解的！應當說，「民族協調論」，早期茅盾的思想中曾經有過這種東西；對於「民族協調論」的否定，實質上無異於茅盾對自己以往思想的否定。經過這種深刻的反省，茅盾早期思想發展的成果得到了鞏固。

其二，從同情第四階級到主張無產階級的解放。

1922年，在寫作《自然主義與中國現代小說》的時候，茅盾對於文學青年，還只能作「注意社會問題，同情於第四階級」，愛「被損害與被侮辱者」這樣的要求。茅盾自身，對第四階級的同情，是從人道主義的立場出發的。可是，經過幾年思想發展的艱苦歷程，他的思想產生了質的變化。他從同情和博愛的輕紗後面探出頭來，發現了人類文明社會中的階級對立：「人類自草昧的原人時代逐漸發展而至於今日的資本主義時代，由本無階級而逐漸分化成階級，以至今日的勞資兩大階級對抗時代，其間統治階級屢有變換，都無非各盡了他的歷史的使命」。〔註25〕茅盾的這一認識，是符合馬克思主義的歷史唯物主義原理的。茅盾把握住了社會發展的規律，即由無階級而分化成階級，由原始社會而逐漸發展到資本主義社會。他這時的社會發展觀，已脫離了數年前的社會進化觀的軌道。茅盾意識到各種統治階級都是一種歷史

〔註24〕見《學生雜誌》第12卷第7號。
〔註25〕沈雁冰：《告有志研究文學者》，《學生雜誌》第12卷第7號。

存在，它們是變換的、更迭的，但只要它們存在，它們就要盡自己的歷史使命，這是統治階級存在的本質。這種意識表明：茅盾已經站到了一個歷史的制高點上來鳥瞰人類歷史了。茅盾還十分準確地揭示了資本主義社會的深刻的社會矛盾，即勞資兩大階級的對立。對於人類社會的歷史唯物主義的認識，使茅盾深深懂得：「被壓迫民族與被壓迫階級的解放就是現代人類的需要」。〔註 26〕如果說前一段論述是著眼於歷史，那麼可以說，後一段論述則著眼於現實和未來，指明了民族和階級解放的必然趨勢。我以為，《論無產階級藝術》一文，將茅盾當時所理解的與無產階級藝術有關的諸多問題闡述得淋漓盡致，而《告有志研究文學者》和《文學者的新使命》兩篇文章，在精闢論述文學問題的同時，也顯示了茅盾在馬克思主義唯物史觀方面所達到的水平。可以認為，這一時期茅盾文學觀、藝術觀所達到高度，是與他的唯物史觀的深厚功底分不開的。

讓我們再回到原先的話題上。認識到階級對抗的客觀存在和這種對抗的必然歸宿，這就使茅盾突破了資產階級人道主義本身的局限。他方才可能由對第四階級的同情，昇華為支持無產階級解放鬥爭的自覺行動，方才可能將自己的文學活動納入為無產階級解放鬥爭搖旗吶喊的軌道。階級的意識，使他把自己的命運同無產階級的命運緊緊地聯繫在一起。從而使他於 1921、1922 年間初步確立起來的對於馬克思主義和對於社會主義的信仰獲得堅實的、科學的基礎。然而，一個人的政治信仰的牢固確立，需要經過長時間的考驗。人處在各種複雜情況的交匯點上，有時不免會走一些彎路。大革命失敗以後茅盾的曲折經歷，這是人所共知的。但我們卻絕不能以此為理由，否定他早期思想發展中所達到過的高度。在對茅盾的早期思想進行分析考察的時候，我們必須堅持歷史主義的觀點。

其三，文藝思想的巨大轉變。

茅盾最初的文學思想、文藝思想，受到進化論和人道主義思想的制約。茅盾早期的人道主義思想，反映在關於文學藝術性質的探討上。他宣揚了周作人的「人的文學」的主張，賦予文學以全人類的性質，給它規定了「幫助人們擺脫幾千年歷史遺傳的人類共有的偏心與弱點……使人與人中間無形的界線漸漸泯滅」等等的任務。應該說，這是資產階級人道主義在解釋文學藝術性質、功能時的比較典型的主張。「人的文學」強調表現人之為人的方面，注重的是人的

〔註26〕沈雁冰：《文學者的新使命》，《文學》週報 190 期（1925 年 9 月 13 日）。

共同的方面。當然可以理解爲：茅盾提倡「人的文學」，是將文學與血肉豐滿的
人生緊密相聯，而表現了對遠離人生的文學的唾棄。但是，畢竟人和人是不一
樣的。茅盾是清醒的現實主義者。他深刻地體察著、感受著人之間的差別和人
世間的不平。因此，幾乎是在提倡「人的文學」的同時，茅盾也對人類作了「貴
族階級」和「平民階級」的區分。在題爲《〈歐美新文學最近之趨勢〉書後》的
文章中，他提出了這樣的疑問：「文學既爲表現人生，豈僅當表現貴族階級之華
貴生活而棄去最大多數之平民階級之卑賤生活乎？」〔註27〕其意是平民階級的
人生，理當在新文學中佔有一席之地。這一段話的基本精神，與茅盾所主張的
「普遍人性」論是有某些牴觸之處的。稍後，他接受了羅曼・羅蘭的「民眾藝
術」的口號。這表明茅盾由關注「普遍人性」，轉向關注民眾的命運。或許也可
以說，他在關注「普遍人性」的同時，變得更關注民眾的命運。這無疑是他向
民眾們貼近的一種表現，因而具有進步的意義。但即使是這樣，他對「民眾」
和「民眾藝術」，仍然是從「普遍人性」的觀察點上觀察的。隨著階級意識的萌
生，茅盾覺得就是他非常賞識的羅曼・羅蘭的「民眾藝術」的口號，也還是存
在著不可克服的弊病。他在著名論文《論無產階級藝術》中指出：「我們不能不
說『民眾藝術』這個名詞是欠妥的，是不明瞭的，是烏托邦式的。我們要爲高
爾基一派的文藝起一個名兒，我們要明白指出這一派文藝的特性，傾向，乃至
其使命，我們便不能不拋棄了溫和性的『民眾藝術』這名兒，而換了一個頭角
崢嶸，鬚眉畢露的名兒──這便是『無產階級藝術』」。無產階級藝術和民眾藝
術，並不只是名詞概念的不同，兩者有著實質性的區別。民眾藝術的服務對象，
是過於寬泛和模糊的「民眾」，而無產階級藝術，則是爲無產階級服務的。民眾
藝術是充滿溫和性的，而無產階級藝術則是頭角崢嶸、鬚眉畢露、充滿戰鬥性
的。民眾藝術是烏托邦式的、不切實際的，而無產階級藝術則是切合時代實際，
同時也切合當時的社會實際的。茅盾又進而指出：從事無產階級藝術的人，「目
前的使命就是要抓住了被壓迫民族與階級的革命運動的精神，用深刻偉大的文
學表現出來，使這種精神普遍到民間，深印入被壓迫者的腦筋，因以保持他們
的自求解放運動的高潮，並且感召起更大更熱烈的革命運動來！」這實際上已
經開了無產階級革命文學的先河。

　　茅盾早期的進化論思想，突出地反映在對文學衍變發展的解釋上。但是，
無論茅盾是將文學的進化同人群的進化或社會的進化聯繫起來，還是用文學

〔註27〕見《東方雜誌》第17卷第18號。

進化線路來說明文學的發展，其實都未能科學地回答文學的發展問題。按照
茅盾所描畫的文學進化線路，哪裡會有什麼「無產階級藝術」呢？《論無產
階級藝術》的發表，宣告了進化論思想的終結。事實上，無產階級藝術的出
現，是社會政治、經濟發展到一定階段的產物。按照馬克思主義的觀點，特
定的社會形態，是由一定的經濟基礎和上層建築構成的。經濟基礎是一定社
會發展階段上生產關係的總和，上層建築是建立在經濟基礎之上的政治、法
律等設施（它們與經濟基礎相適應並為之服務）以及相應的意識形態（包括
政治、法律、哲學、道德、文學藝術、宗教等觀點）。經濟基礎一般地表現為
主要的決定的作用。經濟基礎的變化決定上層建築的變化。因此，無產階級
藝術的出現，從根本上說，是因為社會經濟基礎中，已經形成了與資產階級
相對立的無產階級。我們可以在經濟基礎中找到它的原因。但是，無產階級
藝術並不是在實驗室裡用全新的材料製成的。它是對人類寶貴的精神財富有
所吸收、有所借鑒、有所改造而形成的。關於這一點，茅盾在《論無產階級
藝術》中有過不少精闢的論述。例如，茅盾說過：「人類所遺下的藝術品都是
應該寶貴的，此與階級鬥爭並無關係。無產階級作家應該瞭解各時代的著作，
應該承認前代藝術是一份可貴的遺產。果然無產階級應該努力發揮他的藝術
創造天才，但最好是從前人已走到的一級再往前進，無理由地不必要地赤手
空拳地幹叫獨創，大可不必。」這段論述，和馬克思的如下觀點是完全合拍
的：「人們自己創造自己的歷史，但是他們並不是隨心所欲地創造，並不是在
他們自己選定的條件下創造，而是在直接碰到的、既定的、從過去承繼下來
的條件下創造。」〔註 28〕無產階級並不是在一片空白的基礎上，在否定歷史
遺產的情況下創造自己的文化，自己的藝術。1920 年，列寧以一篇氣勢磅礴
的《青年團的任務》，批判了當時的「無產階級文化派」所宣揚的虛無主義。
「無產階級文化派」主張拋棄一切文化遺產，主張在實驗室裡關門製造獨特
的「無產階級文化」。列寧針鋒相對地指出：「無產階級文化並不是從天上掉
下來的」，「只有確切地瞭解人類全部發展過程所創造的文化，只有對這種文
化加以改造，才能建設無產階級的文化」。〔註 29〕無產階級之所以可以批判地
繼承人類全部發展過程所創造的文化，在此基礎上加以改造以建設無產階級

〔註 28〕 馬克思：《路易·波拿巴的霧月十八日》，《馬克思恩格斯選集》第 1 卷第 603
　　　　頁，人民出版社 1972 年出版。
〔註 29〕 見《列寧選集》第 4 卷第 344～349 頁，人民出版社 1960 年出版。

文化，根本原因在於：意識形態的發展，既有受制於經濟基礎的一面，又有一旦形成即具有相對獨立性和歷史繼承性的一面。綜上所述，我認為：《論無產階級藝術》標誌著茅盾考察文學發展問題時，已具備了歷史唯物主義的眼光。

三

> 馬克思主義與茅盾早期思想發展中其他思想因素的矛盾現象。馬克思主義的政治觀與非馬克思主義的政治觀之間的矛盾。馬克思主義的政治觀與非馬克思主義文藝觀之間的矛盾。馬克思主義的文藝觀與非馬克思主義的文藝觀之間的矛盾。接受馬克思主義社會政治觀與接受馬克思主義文藝觀的「時間差」。

馬克思主義「闖」入了早期茅盾的生活領域，改變了茅盾的前進方向。但是，在最初幾年裡，他思想上的矛盾，不是減少了，相反倒是增加了。原先的相對平靜被打破了，「半畝方塘」中引入了一股活水。由此，方塘中出現了波瀾。

馬克思主義進入茅盾早期思想體系以後，茅盾思想中的矛盾現象是客觀存在的——

馬克思主義的政治觀與非馬克思主義的政治觀之間存在著矛盾。既然是「確信了馬克思底社會主義」，那麼，也就應當信奉馬克思主義的階級鬥爭學說和社會革命學說。然而，與此同時或者在這之後，茅盾卻還沒有拋棄進化論學說，也還同時信奉著人道主義思想（請參見本書第一章和第二章）。他對現實社會的抨擊，往往是從人道主義立場出發的，而對未來社會藍圖的描畫，也並沒有超出資產階級人道主義的範疇。茅盾雖然表示確信了「馬克思底社會主義」，而對這種社會主義的具體內涵和本質特徵，其實並不透徹瞭解。這就難怪馬克思主義與人道主義、進化論明明存在著矛盾而他卻意識不到。

《少年國際運動》讓我們看到了一種奇特的景觀：進化論思想、人道主義與馬克思主義並存。足以表明茅盾當時具有進化論思想的文字，前面已經引用得很多了。這裡我只想再補充一點。茅盾認為，「青年是人類的花」，「為人類的進化計，青年是應受普遍的教育和保護的」；〔註30〕然而實際情況與此

〔註30〕 見 1924 年 9 月 7 日《民國日報・覺悟》。

相反，茅盾爲此而憤憤不平。可見，茅盾對於青年的關心、愛護、讚譽，大抵是出於人類進化的考慮。或許正因爲如此，又反過來促使他寄希望於青年。粗看起來，茅盾和魯迅體現出了相似性：都相信青年必定勝過老年。但是，茅盾的這個觀點，又是和馬克思主義融和在一起的。茅盾對馬克思提出的「全世界無產者聯合起來」的口號是衷心擁護的，並以此作爲爭取光明未來的極爲重要的手段。他要求青年投入到爭取光明未來的鬥爭中去：

> 這是根據於社會經濟發展的必然的結果，就是世界無產階級必須聯合，世界青年必須聯合，以打倒帝國資本主義，實現人類社會的最高發展：無國家無階級的共產時代！〔註31〕

他還要求青年們「謀自己的無產階級化」。這已經完全是從馬克思主義的立點出發對青年提出要求了。我們從中可以領略茅盾接受馬克思主義影響的種種明顯跡象。一方面是按照馬克思主義的要求對青年進行指點，一方面是依然未放棄觀察宇宙時所用的「天演的公例」，茅盾陷入了實實在在的困惑之中。在前一個方向上，他運用的是唯物史觀（他認爲實現人類社會的最高發展、到達共產主義社會，這是社會經濟發展的必然結果）；在後一個方向上，他依然將宇宙、社會、人生納入進化論的軌道。兩種格格不入的思想觀點，硬是被茅盾糅到了一起。這種糅合，使茅盾表現出明顯的思想局限。茅盾的這篇文章，還大致體現出馬克思主義的階級論的觀點。他將人類區分成無產階級和資產階級兩大對抗階級，並充分注意到了「凡私產與階級的壓迫存在的地方，總是只有少數人享樂」這樣一種嚴酷的事實。但當論及青年時，他基本取消了對此應作的階級區分。他認爲：「世界上只有青年能不受一切特權階級的思想所錮蔽，直探眞理和正義之源。因此，在一切時代，一切地方，青年常是那佔據人類最大多數的無產階級的同情者」。他還認爲，「青年又是最富於革命性的人類」，「世界的表面，往往因陳舊而腐敗，以至充滿了罪惡和苦惱；但旺盛的生機卻含於每一代的新生者（筆者注：即青年）中間，這是永遠新的，永遠純潔的，永遠革命的」。〔註32〕有這樣的基本論點在，行文中「無產階級的青年」、「資產階級的青年」的提法，自然顯得黯然失色。其實，青年又何以能一概而論呢？

在該文中，還存在著另一組矛盾。茅盾一面要求世界青年聯合起來，「以

〔註31〕赤城：《少年國際運動》，1924 年 9 月 7 日《民國日報・覺悟》。
〔註32〕同上。

打倒國際帝國資本主義」。這是符合馬克思主義的基本原理的。茅盾異常精闢地指出：

> 資本主義順經濟的法則而產生，也要順經濟的法則而毀滅，代
> 之以起的，將是那實現人類真正的社會的生活的共產主義世界，這
> 是人類的大導師加爾‧馬克思早已明白指示過的了。他同樣的指示
> 無產階級將被資本制度結合成一個革命的軍隊，起來推翻這資本制
> 度。〔註33〕

從以上引文看來，茅盾的馬克思主義理論水平似乎已經很高了。但是，另一方面，他並沒有用馬克思主義徹底消除資產階級人道主義對他的影響，或者說，資產階級人道主義在他的早期思想中還有著一席之地。請看他的以下論述：

> 我們知道，由資本主義造出了國家的界限，破壞了人類第一個
> 幸福的根源——世界一家的雍睦生活；由資本主義造成列強分配殖
> 民地的帝國主義局面，破壞了民族間固有的平等觀念。世界無產階
> 級青年的出發點亦必須是抱著偉大的國際的精神的，他將首先打破
> 這所謂民族性的差別，而根據於社會科學所證明的人類平等的觀
> 念，根據於無所不包的人類一體之感覺和偉大的愛，協力一致，來
> 一面爲打破這種世界一家的惡制度而工作，一面即從事於這高尚理
> 想的實現。〔註34〕

說資本主義造出了國家的界限，這似乎不合事實；說資本主義破壞了人類第一個幸福的根源，破壞了世界一家的雍睦生活，同樣也是立不住腳的。這些，我們姑且不論。茅盾用於引導青年爲之奮鬥的所謂高尚理想，其實不過是人道主義理想而已。這個理想的核心內容，是「人類一體」、「人類平等」、「偉大的愛」。茅盾說，他的高尚理想的根據是「社會科學所證明的人類平等的觀念」。這種社會科學是馬克思主義嗎？不是。馬克思主義並沒有抽象地提出過人類平等的觀念。人類之間的不平等現象是客觀存在的，這是由於階級對立、階級壓迫這一根本原因造成的。人間的不平等現象無疑應當消滅，但並不能以「偉大的愛」作爲手段，而必須用武力推翻階級壓迫的制度。茅盾一忽兒強調無產者聯合起來打倒國際帝國資本主義，（這是符合馬克思主義的基本原

〔註33〕赤城：《少年國際運動》，1924 年 9 月 7 日《民國日報‧覺悟》。

〔註34〕同上。

理的）；一忽兒又強調「無所不包的人類一體」，強調「人類平等」和「偉大的愛」（而這又是與馬克思主義相牴觸的），他似乎是進入了一個理論怪圈之中。

就這樣，在一篇文章中，明顯地留有幾種對立的思想混雜的痕跡。或許，這就是處於轉換期的早期茅盾的真實思想的記錄。如此說來，有的論者將茅盾所具有的進化論思想和人道主義思想嚴格限於「五四」前幾年和「五四」後一兩年，這種說法是值得推敲的。

馬克思主義的政治觀與非馬克思主義的文藝觀之間也存在著矛盾。馬克思主義的政治觀在茅盾早期思想中有著直接或間接的體現：一是社會主義的政治信仰，茅盾將它作為自己終生的奮鬥目標，以後的實踐充分地證明了這一點；二是在政治上接受無產階級及其政黨的領導；三是積極投入反帝反封建的鬥爭（反帝反封建，後經毛澤東論述，成為中國共產黨最低綱領的內容）。然而，茅盾早期的文藝觀（1925 年之前）並沒有與他的受馬克思主義影響而正在形成的政治觀完全對應起來。茅盾並沒有立即就將自己的文學活動與自己的社會主義政治信仰緊扣起來。他早期提倡過的自然主義、寫實主義（批判現實主義）、表象主義和新浪漫主義，都不是無產階級文學。當然，這些文學在反帝反封建的鬥爭都具有一定的進步意義，但它畢竟與無產階級文學存在著一定的距離。在某些方面，它們甚至是與無產階級文學格格不入的。

我們不妨來作一些比較。1922 年 5 月，當茅盾在政治上宣稱找到了馬克思的社會主義的時候，他的文學觀是處於怎樣的狀況呢？他在一篇題為《雜談——文學與常識》的短文中抱怨說：

> 淺而言之，譬如我們說「文學是人生的反映」，就有人連「人生」二字都不得其解；我們說「文學的功用在溝通人與人間的情感」，就有人連「情感」兩字都不得其解；我們說「近代文學是平民化的」，就有人連「平民化」三字都不得其解。〔註35〕

茅盾所抱怨的，似乎是民眾的缺乏常識，不懂得文學的正解，實際上是為自己的帶有濃厚人道主義色彩的「為人生」的文學主張以及「平民文學」主張曲高和寡、應者寥寥而嘆息。我們看到，這些文學主張尚未有一絲一毫調整的意向。與馬克思的社會主義相適應的文學，應當是茅盾後來所提倡的無產

〔註35〕見《時事新報・文學旬刊》第 36 期（1922 年 5 月 1 日），署名玄。

階級的文學，是動員人們爲無產階級的利益而戰的文學；而不是那種籠統的「爲人生」的文學或者「平民文學」。由此看來，馬克思主義的政治觀與非馬克思主義的文藝觀之間的矛盾確實是存在的。

毫無疑問，茅盾當時是樂於接受無產階級及其政黨共產黨的領導的。但那個時候，黨正處在幼年時期。共產黨和無產階級都還顧不上也沒有經驗來領導無產階級的文學運動。因此，在茅盾身上馬克思主義的政治觀與非馬克思主義的文藝觀存在著矛盾，這是由時代造成的限制所致，而不是茅盾本身的過錯。

馬克思主義的文藝觀與非馬克思主義的文藝觀之間也存在著矛盾。茅盾在 1922 年 7 月發表的《自然主義與中國現代小說》一文中，要求新文學的作者描寫「第四階級」即無產階級，這可以看作是茅盾無產階級文學觀的最初萌芽。其積極意義是表示了對無產階級的關注，規定了新文學作者的新使命。茅盾要求作者對無產階級的生活狀況要熟悉，要消除與「第四階級中人」的心理隔膜，這些意見都是相當精闢的，符合唯物論的反映論的基本精神，而且與後來毛澤東所提出的「文藝工作者必須深入工農兵群眾」的要求也是相通的。但也就是在這篇文章中，茅盾「以爲須得提倡文學上的自然主義」，並提倡對對象作像自然主義那樣的純客觀的描寫。這樣，就又與唯物論的能動的反映論拉開了距離。就在同一篇文章中以萌芽狀態出現的無產階級文學觀，受到了茅盾自己的與之對立的觀點的挑戰。

1924 年初，茅盾藉用德國文壇上年輕的革命作家土勒的話，表達了自己的觀點：「『無產階級的藝術』的要點即在以無產階級的知識界及靈魂界爲描寫的立點，務要取那震動全人類的變動（如革命）爲題材；舊時專注重描寫個人禍福得失的劇本是『有產階級的藝術』，已成爲過去的陳跡了」。〔註 36〕茅盾是贊同土勒的觀點的。而且如果我們將時間推移到大革命失敗以後的話，將不難發現茅盾創作《動搖》、《幻滅》、《追求》等一組作品時，無形中是應了土勒的話的。土勒以至當時的茅盾，強調得比較多的是題材。這無疑有它積極的意義。恩格斯說過：「工人階級對他們四周的壓迫環境所進行的叛逆的反抗，他們爲恢復自己做人的地位所作的劇烈的努力——半自覺的或自覺的，都屬於歷史，因而也應當在現實主義領域內佔有自己的地位。」〔註 37〕

〔註 36〕 雁冰：《海外文壇消息》，《小說月報》第 15 卷第 1 號。

〔註 37〕 恩格斯：《致瑪·哈克奈斯》，《馬克思恩格斯選集》第 4 卷第 444～445 頁，人民出版社 1966 年出版。

這是就文學作品的總體情況而言的，並不是對文學作品具體題材的限定。僅僅注重於表現「震動全人類的變動」的題材，僅僅強調「以無產階級的知識界及靈魂界爲描寫的立點」，弄得不好，會使作品成爲「直截了當的社會主義的小說」（恩格斯語），或其他什麼文體。這類傾向直露的小說，是恩格斯所不希望看到的。正因爲如此，恩格斯強調：「作者的見解愈隱蔽，對藝術作品來說就愈好」。〔註38〕恩格斯的上述思想當時尚未傳入中國。我們當然不應該要求茅盾超越時代對他的限制。但作爲他的後人，對他進行客觀的、符合歷史實際的評述，總是容許的。不僅是可以的，而且是應當的。誰叫我們是他的後人呢？

在茅盾無產階級文藝觀的確立過程中，《歐戰十年紀念》是一篇具有重要意義的文章。其中這樣兩段文字應引起我們的特別注意：

> 我相信惟有無產階級連合起來爲自己而戰，才能終止世界永久的擾亂，才能終止帝國主義者「間日瘧疾」也似的永無斷頭的屠殺！
>
> 鼓吹革命文學的文學者呀，宣傳「愛」的文學者呀，擁護「美」的文學者呀，「怕見血」的文學者呀，請一致鼓吹無產階級爲自己而戰！〔註39〕

前一段文字，強調無產階級聯合起來的重要，同時表現了對無產階級階級力量的自信；後一段文字，對革命文學者提出了光榮而艱鉅的任務：不是一般地鼓吹革命文學，而是要鼓吹無產階級爲自己而戰。可以認爲，這是茅盾第一次自覺地將革命文學與無產階級的期待緊密地聯繫起來，第一次明確地規定了革命文學所肩負的無產階級使命。

稍後問世的《人物的研究》一文，是在很高的立點上寫成的小說研究力作。茅盾將小說人物放到縱橫交錯的坐標軸上加以考察，既體現了開放的、發散型的思維方式，又體現了深厚的藝術和學術功底。其中關於人物的階級特性的一段論述，顯然已經滲入了馬克思主義的階級論思想：

> 因爲所屬的階級不同，人們又必有階級的特性；屬於某些職業者，同時亦爲屬於某階級的，所以作家於描寫一個人物的職業的特性而外，又必須描寫他的階級的特性。但是作者要描寫階級的特性，

〔註38〕恩格斯：《致瑪·哈克奈斯》，《馬克思恩格斯選集》第4卷第444～445頁，人民出版社1966年出版。
〔註39〕見《文學》週報第133期（1924年8月4日）。

比描寫職業的特性要難得多；其故在職業的特性是顯而易見的，作家大都能見到，至於階級的特性就比較深伏些（常混合於人們的思想方式中），非眼光炯利的作者不能灼見。自來作家描寫階級的特性可稱成功者，實在不多。只有法國巴爾扎克（H.Balzac）對於法國中產階級的描寫，俄國杜格涅甫對於八十年代智識階級的描寫，高爾該對於無產階級的描寫，算是頂成功的了。〔註40〕

這段論述表明了兩點：一、茅盾對高爾基所描寫的無產階級人物形象曾經作過一定的研究，並給予很高的評價；二、茅盾清楚地看到了人物的階級特性的表現形態——比較深伏。他並不是把人物的階級的特性當作標籤到處亂貼，而是注意把握階級的特性對人物的深層次的影響。這種影響，常常制約著人物的思維方式和行為方式，它是發生內在作用的東西。正因為如此，茅盾要求作家要有炯利的眼光。我認為，循著茅盾所指引的道路去表現人物的階級的特性，這種表現就不可能是皮相的。

但是茅盾在同一篇文章中關於典型人物的論述就值得斟酌了：

上面所述種種特性（筆者注：指階級的特性、性的特性、特種人的特性、民族的特性與地方的特性）是許多人共有的類性，而不是某人所特有的個性，一個上海的小販作某小說中的人物時，除了他的職業特性，階級特性，性的特性，民族與地方的特性等等凡為上海小販所共具的類性而外，當然還有他個人特有的個性。如果作家只描寫了他的類性，而不於類性之外再描寫他的個性，那麼我們就得了一個典型人物。……

……一個小說家若希望他所創造的人物有極大的吸力，能引起讀者無限的興味，則最好他創造一個有個性的人物。又譬如一個作家本意是想創造一個有個性的人物，然結果只得了一個典型人物，那亦只好說他的描寫是失敗了。恐怕有不少作家陷於這樣的失敗……

……作家在沒有將個性描寫的意義弄清楚的時候，常常會違反預期地只描寫了一個典型人物；但是也有作家雖然並沒將個性描寫的意義弄錯，而結果仍舊只描寫了典型人物。……

在這裡，我不厭其煩地引用了茅盾的大段原文。我認為，這幾段文字太

〔註40〕見《小說月報》第 16 卷第 3 號。

耐人尋味了。茅盾在這裡提到了個性、類性、典型人物等幾個概念。他強調
個性的重要性，強調在類性之外要寫出人物的個性，這一見解不可不謂深刻。
記得恩格斯在給敏娜・考茨基的信中說過：「對於這兩種環境裡（筆者注：指
柏林和維也納）的人物，我認為您都用您平素的鮮明的個性描寫手法給刻畫
出來了；每個人都是典型，但同時又是一定的單個人，正如老黑格爾所說的，
是一個『這個』，而且應當是如此。」〔註41〕

　　但是，茅盾的典型觀與恩格斯的典型觀並不完全吻合。恩格斯所說的典
型，除了必須具備其他必須具備的品格以外，還必須具備鮮明的、獨特的個
性，它必須如同老黑格爾所說，是一個「這個」，是別的人物形象所無法取代
的。而茅盾所說的典型人物，卻是作家描寫人物類性的結果。其實這並不是
什麼典型，而只是類型。在恩格斯的心目中，典型是人物形象塑造中的一個
最高境界；而茅盾所說的典型，卻是人物形象塑造失敗的標誌。再退一步講，
茅盾所說的「有個性的人物」與「典型人物」，也並不只是陰差陽錯地被調換
了位置。「有個性的人物」並非就稱得上是恩格斯所說的「典型人物」。因為
恩格斯所說的典型人物，不僅具有獨特的個性，而且是在典型環境中被塑造
出來的。離開了典型環境，即使是「有個性的人物」，也未必就是典型人物。
典型環境包括了自然環境和社會環境。社會環境的重要內容是人與人之間所
結成的社會關係。典型人物的思維方式和行為方式，既受制於人物自身的性
格、氣質和教養，又受制於典型環境特別是人物與周圍所結成的社會關係。
阿Q離開了他那個時代和他所生活的未莊，他的個性就顯得缺乏根據，他就
成不了當之無愧的藝術典型。所以，從某種意義上可以說，典型環境是典型
人物賴以生存的土壤。離開了典型環境，就無典型人物可言。可見，在典型
這一馬克思主義文藝理論和美學理論的重要問題上，茅盾和恩格斯可謂南轅
北轍。原因很簡單：恩格斯的典型理論尚未被介紹到中國，因此茅盾只是繼
承了恩格斯之前的某些美學家的典型觀。

　　請看，在同一篇文章中，對文學表現人物的階級特性的闡述，是符合馬
克思主義的；而對典型人物的理解和闡釋，則是與馬克思文藝思想不甚吻合
的──這不是構成了內在的矛盾嗎？按照茅盾對「有個性的人物」和「典型
人物」的理解，能創造出既體現階級的特性、又稱得上是典型人物的人物形

〔註41〕見《馬克思恩格斯列寧斯大林文藝論著選讀》第 257 頁，江西人民出版社 1983
　　　　年出版。

象來嗎？能塑造出多種多樣的典型人物來嗎？

《現成的希望》〔註 42〕一文，寫於《論無產階級藝術》發表前夕。茅盾這時的文藝思想，和《論無產階級藝術》所表述的已經比較接近。文中，他將高爾基與狄更斯放在一起加以對比的一段論述尤爲發人深省：

> 描寫無產階級生活的文學，自近代俄國諸作家——特別是高爾基——而確立。可是英國的狄更斯，早就做了許多描寫無產階級生活的小說，批評家把兩者不同之點指給我們看道：讀了狄更斯的小說，只覺得作者原來不是無產階級中人，是站在旁邊高聲唱道：「你們看，無產階級是這般這般呀！」但是讀了高爾基等人的作品，我們讀者卻像走進了貧民窟，眼看著他們污穢襤褸，耳聽著他們的呻吟怨恨。爲什麼呢？因爲狄更斯自身確不是無產階級中人，而高爾基等則自己是無產階級，至少也曾經經歷過無產階級的生活。

狄更斯和高爾基同是描寫無產階級的生活，情況卻大不一樣。茅盾將原因歸結爲：前者不是而後者是「無產階級中人」。這固然很有道理。這裡面涉及「親歷」和「心入」的問題。沒有對無產階級生活的切實瞭解和感同身受式的體驗，不可能寫好無產階級和無產階級的生活。茅盾的上述論述還隱約包含了如下的意思：世界觀對於文學創作有著極端重要的意義。當然，茅盾並沒有清楚地意識到這一點，更不可能清晰地點出來。狄更斯與高爾基同寫無產階級生活而結果大相徑庭，究其原因，從根本上說，是由於他們的世界觀不一樣。狄更斯從資產階級世界觀出發，因而雖然寫了無產階級生活，卻讓人感到「隔」；高爾基從無產階級世界觀出發，加之對無產階級的生活又有著自己的獨特體驗，因而他筆下的無產階級生活就不會讓人產生「隔」的感覺。其實，是不是「無產階級中人」倒不是最重要的。原先不是「無產階級中人」，經過脫胎換骨的改造，可以縮小與無產階級之間的思想距離，甚至可以達到無產階級化。重要的問題在於：作家必須確立無產階級世界觀。總之，茅盾的上述論述，從總體上說是與馬克思、恩格斯的文藝思想相一致的。

可是，也就在同一篇文章中，茅盾又將問題推向了極端：

> 我常想：在能做小說的人去當兵打仗以前，我們大概沒有合意的戰爭小說可讀，正如在無產階級（工農）不能執筆做小說以前，我們將沒有合意的無產階級小說可讀一樣。

〔註 42〕見《文學》週報 164 期（1925 年 3 月 16 日）。署名玄珠。

　　希望有合意的戰爭小說和無產階級小說可讀，這種需求非常合理。但茅盾似乎是將寫合意的戰爭小說的重任，完全加到了軍人肩上；而寫合意的無產階級小說的使命，則非無產階級（工農）莫屬（筆者按：將「工農」等同於「無產階級」是不恰當的）。這不僅不甚切合實際，而且也並不符合馬克思恩格斯的思想。馬克思認為，社會分工是隨著社會發展而必然出現的現象。既然社會存在著分工的不同，那麼就必然有一部分人從事物質生產，而另一部分人則從事社會精神生產，作家、文人是從事社會精神生產的人中的一部分。這些人在任何社會形態中都不是一個獨立的階級。在階級社會裡，他們以自己所生產的不同的精神產品，為不同的階級服務。以為只有無產階級（工農）才能寫出合意的無產階級小說，實際上就等於否定了以自己的精神產品為無產階級服務的那一部分文人作家的勞動成果和存在價值，其結果，當然不可能推動無產階級文學的發展。

　　如此看來，在《現成的希望》中，同樣存在著符合馬克思主義文藝思想的部分和不符合馬克思主義文藝思想的部分的矛盾。

　　一般認為，《論無產階級藝術》是茅盾早期馬克思主義文藝觀確立的標誌。確實，茅盾的文藝思想出現了昇華。但即使是這樣，馬克思主義文藝觀與非馬克思主義文藝觀之間的矛盾，也是依然存在的。本書第六章將分析《論無產階級藝術》一文所存在的「複調」現象，此處恕不贅言。

　　以上我們詳細分析了馬克思主義進入茅盾心靈世界以後，茅盾早期思想發展中的矛盾現象，矛盾的存在有著多方面的原因。當時，離十月革命的炮響僅僅幾年時間，馬克思主義還只是剛剛被介紹到中國來，介紹所依據的往往又是英文和俄文材料，往往是輾轉翻譯、片斷翻譯。材料本身並不完整，翻譯也不盡準確。這都可能影響當時的人們對馬克思主義的理解。

　　但茅盾早期之所以存在著馬克思主義的政治觀與非馬克思主義的政治觀之間的矛盾，其根本原因在於，他固有的人道主義思想體系和進化論思想體系相對穩固，幾乎形成了思維定勢。只要一觸及實際問題，由於強大慣性力量的作用，茅盾總是會沿著人道主義和進化論的軌道滑行。再則，茅盾早期在運用人道主義和進化論思想解釋各種現象時，是自覺為之。而在接受馬克思主義之初，以此去觀察和解釋世界，未必就能輕車熟路。茅盾面臨的是這樣一個難題：已經成為自覺意識的東西，要盡量壓抑和廢棄，但在這過程中，它又會不時地冒出來；不那麼熟悉的東西，卻要時時操在手裡，生硬和彆扭

自然在所難免。

茅盾早期思想中存在馬克思主義政治觀與非馬克思主義文藝觀之間的矛盾，也具有必然性。只要我們細細考察一番就會發現：茅盾是接受馬克思主義的政治觀在先，接受馬克思主義的文藝觀在後。兩種接受之間存在著「時間差」。茅盾明確宣稱「確信了馬克思底社會主義」，是 1922 年 5 月的事；而茅盾以明晰的語言號召文學家「鼓吹無產階級為自己而戰」，則是 1924 年 8 月。前後相隔了兩年三個月。按照馬克思、恩格斯的基本觀點，政治、文學雖同屬於上層建築，但政治與政權密切相關，與經濟基礎靠得更近。當年具有初步共產主義思想的知識分子，出於改造現實社會的迫切要求，總是先介紹、先接受與此關係更為密切的馬克思主義的政治觀。當然不是說文學、文藝就不重要。而只是說，比起介紹和接受馬克思主義的政治觀來，人們對馬克思主義文藝觀的介紹和接受，總是慢了一拍。這樣，領先的馬克思主義政治觀，與非馬克思主義文藝觀之間，就不能不產生矛盾。

至於說茅盾早期的馬克思主義文藝觀與非馬克思文藝觀之間的矛盾，其起因大抵是：茅盾按馬克思主義的政治觀和文藝觀，對自己原有的文藝觀作了局部調整，尚未來得及作全面清理。調整部分和未調整部分便產生了牴牾。而整個思想格局又顯得缺乏整一性。此其一。其二，茅盾所接受的馬克思主義文藝思想，有些是經過蘇聯的文藝理論家的介紹的。擔當中介角色的理論家的介紹是否忠實於原著，是否準確可靠，這將極大地影響茅盾對馬克思主義文藝思想的理解和接受。其三，在某些重大的理論問題上，馬克思主義文藝思想尚未對中國文壇構成足夠大的影響，甚至還存在著空白。例如在典型問題上，情況就是這樣。

四

馬克思主義與茅盾早期思想關係研究中的兩種傾向。忽視馬克思主義對茅盾早期思想影響的傾向。過高估計馬克思主義對茅盾早期思想影響的傾向。應當堅持歷史主義的觀點，力求準確估量馬克思主義在茅盾早期思想發展中所起的作用。

在進行茅盾研究之研究的時候，我深感多年來致力於研究馬克思主義與茅盾早期思想之關係的著述不多，而對此作出正確闡述的著述就更少。據我觀察，即使觸及到這一重大問題的，也往往並不盡如人意。要麼語焉不詳，

要麼評價失當。

　　我認爲有兩種傾向值得特別注意。

　　一種傾向是：忽視馬克思主義對早期茅盾的影響。論著也好，論文結集也好，研究茅盾早期思想或早期文學思想，而又不論及茅盾學習和接受馬克思主義的情況，從內容上說，這是一種不應有的罅漏。更爲重要的是，這種罅漏將造成判斷和分析上的迷誤，從而將對整個的茅盾早期思想研究帶來損失。須知，茅盾早期如果不是如此強烈地受到馬克思主義的影響，他早期思想的軌跡就不可能是現在這個樣子。

　　另一種傾向是：過高估計了馬克思主義對早期茅盾的影響。許多論者的出發點無疑是好的，他們所要強調的是茅盾一開始就具有的對於馬克思主義的忠誠。

　　一位論者這樣寫道：

　　　　從茅盾1920年發表的第一篇文學論文《現在文學家的責任是什麼？》到1981年發表的最後一篇文學評論《〈草原的小路〉序》，中間經歷了60多個春秋。在這漫長的歲月裡，不管時代風雲多麼變幻莫測，也不論生活激流如何風濤激蕩，茅盾是數十年如一日，迎風搏浪，始終不渝地堅持馬克思主義的文藝理論。這在中國現代文學史上是十分突出的。〔註43〕

　　茅盾在他一生之中的其他時期是如何堅持馬克思主義的文藝理論的，這個問題不在我們討論範圍之內，姑且不論。但倘說茅盾在《現在文學家的責任是什麼？》這個起始點上，就已經在堅持馬克思主義的文藝理論了，這似乎是站不住腳的。事實是，這時（1920年）的茅盾，開始接觸馬克思主義的政治觀，尚未接觸馬克思主義的文藝理論。而「接觸」離「接受」絕非一步之遙。茅盾的《現在文學家的責任是什麼？》發表於1920年1月。而與此同時及此後，茅盾在《學生雜誌》第7卷第1至第4號上，發表了題爲《尼采的學說》的長文。

　　文中有這麼一段很耐人尋味：

　　　　我們看！尼采這種觀察多少利害！他這樣的摧毀傳統的道德信條是多少有力！但是我們也要曉得，尼采發見這一條前提之後，他

〔註43〕曹金林：《茅盾堅持馬克思主義文藝理論的貢獻》，《江蘇教育學院學報》（社會科學版）1991年第1期。

就下個論斷，説「道德的奴隸叛」便是文化的障礙，戰爭是比和平好，強者求到超人，須得犧牲愚者弱者：這便大錯特錯了！海甫定教授說尼采只見到一面，評得很公允。尼采這說，正似馬克思的唯物史觀，前半截是很不錯的，後半截——馬氏擴爲經濟定運論——卻錯了。（著重號爲筆者所加）

這段文字顯得有點含糊。「尼采這說」後面的一段話，究竟是茅盾說的，還是海甫定教授說的？如果茅盾引用了海甫定的言論，那麼可說他對海氏的觀點是認可的。但我認爲，最後幾句是茅盾而非海甫定教授對馬克思學說的批評，當沒有什麼疑義。因爲「尼采這說」之前的「評得很公允」一語，是茅盾對海甫定教授言論的評價，表明海氏的話已完，以下則是茅盾自己的觀點了。茅盾將馬克思的唯物史觀與尼采的道德論相類比，認爲它們都只是前半截對，而後半截卻是錯的。應當說，馬克思的唯物史觀與尼采的道德論是兩碼事。馬克思的唯物史觀，從分析生產力和生產關係、經濟基礎和上層建築之間的矛盾入手，揭示了人類社會發展的規律。正如恩格斯《在馬克思墓前的講話》所評價的那樣：馬克思發現的人類歷史的發展規律，是他一生中的兩大發現之一。而唯物史觀的理論基石即是：經濟關係決定社會生活的一般過程。不是社會意識決定社會存在，而是社會存在決定社會意識；經濟基礎決定上層建築，政治和思想等又反作用於社會經濟基礎。這或許就是茅盾所說的唯物史觀的後半截錯了的部分。在茅盾看來，錯就錯在將經濟基礎說成是社會生活中的決定因素（即所謂「經濟定運論」）。其實，茅盾所批評的，正巧是馬克思的偉大之處。相比較而言，茅盾對尼采的道德論的批評是切中肯綮的。將馬克思的唯物史觀與尼采的道德論相等同，既不符合客觀實際，又表現出茅盾最初對馬克思主義精髓尚缺乏準確的把握。而茅盾的上述論述，國內的茅盾研究者還很少引用過，這同樣是耐人尋味的。

茅盾在撰寫《現在文學家的責任是什麼？》一文前後，與無政府主義思想有過較多接觸。據他自己事後回憶，還不是一般地接觸，而是確實受過它的影響。他說：「五四前一、二年我也一度爲安那其主義所吸引。」〔註44〕日本學者白水紀子認爲：「1919 年前後是他（筆者注：指茅盾）傾向無政府主義達到頂點的時期。他所使用的對無政府主義共鳴的詞集中在 1919～1920 年這

〔註44〕茅盾：《良好的開端》，1954 年 12 月 9 日《人民日報》。

段時期」。〔註45〕白水紀子的論斷是大致準確的。茅盾在那幾年裡，對無政府主義者克魯泡特金的「互助論」十分傾心，而「互助論」與克氏的無政府主義理論不無聯繫。茅盾還翻譯介紹了有關無政府主義的理論著作。誠然，譯介有關無政府主義的書，「當然不是替無強權主義打邊鼓」（茅盾語）。茅盾寫於 1920 年最後一天的《致周作人》的信記錄了他當時的想法和感受：「我相信：個人的無政府主義的思想，自然早在斯丁納做 The Igo and his own 之前，一片一段地在人類生活中存伏著；但自從斯丁納把這一片一段的歸束攏來，寫成一本書，這可把不明瞭的個人無政府主義思想，變成明瞭的主義，就是素來不感著這思想的人們，見了這本書，自然而然要深深地印下一個痕；而且欲隨時發出來了。」〔註46〕我們不妨借用茅盾自己的說法：無政府主義曾經一度在他的頭腦中「深深地印下一個痕」。這個痕並不是在茅盾一遇上馬克思主義後就立即消逝的，而總是要或隱或顯地發生作用。

　　如此看來，茅盾在接觸了馬克思主義的政治觀以後，他思想上原先存在的與馬克思主義政治觀相對立的那些東西，例如對唯物史觀的誤解，無政府主義的印痕，西方的人道主義思想以及社會進化觀等等東西，短時間內並沒有銷聲匿跡。事實上，這些消極因素的消失，要有一個比較長的過程。

　　茅盾接觸馬克思主義文藝理論的時間，無疑要比他接觸馬克思主義政治觀來得遲。目前尚無足夠資料可以證明茅盾在撰寫《現在文學家的責任是什麼？》一文時，已接觸了馬克思主義的文藝理論。如果這一點確實可以成立的話，又怎麼能說他在尚未接觸馬克思主義文藝理論的時候，就已經在堅持這種理論了呢？退一步講，即使茅盾當時對馬克思主義文藝理論有了初步接觸，能否說他就已經堅持這種先進理論的立場、觀點、方法了呢？恐怕也還不行。理論上的「堅持」，是以自覺意識和執著精神為前提的。是以排拒與之相對的觀點的方式體現出來的。

　　而茅盾的《現在文學家的責任是什麼？》一文，堅持的是「文學為人生」的主調。請看：

　　　　文學是為表現人生而作的。文學家所欲表現的人生，絕不是一
　　人一家的人生，乃是一社會一民族的人生。……他們描寫的雖只是

〔註45〕白水紀子：《沈雁冰在「五四」時期的社會思想》，《湖州師專學報》1991 年第
　　　　3 期。
〔註46〕見《小說月報》第 12 卷第 2 號。

一二人、一二家，而他們在描寫之前所研究的一定是全社會、全民族。從這裡研究得普遍的弱點，用文字描寫出來，這才是表現人生的文學；這是現在研究文學的人不可不知道的。〔註47〕

再請看另一段文字：

積極的責任是欲把德謨克拉西充滿在文學界，使文學成為社會化，掃除貴族文學的面目，放出平民文學的精神。下一個字是為人類呼籲的，不是供貴族階級賞玩的；是「血」和「淚」寫成的，不是「濃情」和「艷意」做成的，是人類中少不得的文章，不是茶餘酒後消遣的東西！〔註48〕

以上論述在當時的情況下有著進步意義，這是沒有疑問的。問題在於：並不是在一定歷史條件下體現出進步意義的東西都符合馬克思主義。茅盾在文中所倡導的「為人生」的文學抑或「平民文學」，流貫著人道主義的精神。它們與馬克思主義的文藝理論，相去甚遠。能說茅盾一生堅持馬克思主義的文藝理論，是以此為起點的嗎？我以為，五年後發表的《論無產階級藝術》，才可以算作這樣的起點。這位論者在時間上足足提前了五年。

這位論者又寫道：

從茅盾的第一篇文學論文《現在文學家的責任是什麼？》起，到《新文學研究者的責任與努力》、《社會背景與創作》《創作的前途》、《自然主義與中國現代小說》、《文學與人生》、《文學與政治社會》等一系列文章來看，我們會明顯地感到，茅盾這時期的文學理論是在馬克思主義的思想指導下建立起來的。

茅盾的以上文章，情況各不一樣。《現在文學家的責任是什麼？》，前面已經提及。應當說，它連馬克思主義文藝理論的邊都沒有沾上。《社會背景與創作》，旨在提倡表現社會生活的真文學，「於人類有關係的文學」。從總體上看，未超越「為人生」的文學的範圍。文章對創作家忽略眼前的社會背景的傾向提出了批評，這一批評體現了茅盾的反映論觀點。茅盾還要求創作家在「第四階級社會內」取得經驗。這些表明，茅盾受到了蘇聯無產階級革命文學的初步影響。若要說文章是在馬克思主義文藝理論指導下寫成，仍嫌勉強。《創作的前途》一文，集中體現了茅盾從人道主義立場出發對文學使命的理

〔註47〕見《東方雜誌》第17卷第1號。
〔註48〕同上。

解。或許可以說，在按人道主義的思想觀點理解、闡述文學的使命方面，幾
乎沒有比該篇更典型的了。

　　不信請看：

　　　　我們覺得文學的使命是聲訴現代人的煩悶，幫助人們擺脫幾千
　　年歷史遺傳的人類共有的偏心與弱點，使那無形中還受著歷史束縛
　　的現代人的情感能夠互相溝通，使人與人中間的無形的界線漸漸泯
　　滅；文學的背景是全人類的背景，所訴的情感自是全人類共通的情
　　感。〔註49〕

滿紙人道主義言辭，全無馬克思主義思想指導的痕跡。在《自然主義與中國
現代小說》一文中，茅盾針對當時的文壇情況，力主提倡自然主義文學，明
確地要求創作家「學自然派作家，把科學上發現的原理應用到小說裡」。應
當說，左拉自然主義對茅盾的影響是深刻的，也是明顯的。茅盾在文中提倡
自然主義的時候，人道主義的文學觀也得到了表現。文章雖然也說了要同情
和描寫第四階級一類的話，但「同情」和「描寫」所形成的文學作品，未必
就可以稱為無產階級文學。何況，這樣一種聲音在文中又被倡導自然主義文
學的強音壓倒了，因此不那麼引人注意。《文學與人生》所依據的基本觀點，
來自泰納的著名的「三要素」論。茅盾在解釋「人種」、「環境」、「時代」時，
並未體現出與泰納原有觀點的本質區別。茅盾加入的第四個要素——作家的
人格，是對「三要素」的補充，而並不是從根本上加以修正。當然，這第四
個要素中已包含了革命文學的理論因子。文章末尾結論式的文字證明我們剛
才的分析是完全正確的。這段文字是這樣的：

　　　　從這裡，我們得到一個教訓，就是凡要研究文學，至少要有人
　　種學的常識，至少要懂得這種文學作品產生時的環境，至少要瞭解
　　這種文學作品產生時代的時代精神，並且要懂這種文學作品的主人
　　翁的身世和心情。〔註50〕

再看《文學與政治社會》一文。該文反覆強調的是文學作品趨向於政治的或
社會的這樣一個道理。從字裡行間我們可以感受到馬克思主義對茅盾文學觀
的某些影響。恩格斯說：「政治、法律、哲學、宗教、文學、藝術等的發展
是以經濟發展為基礎的。但是，它們又都互相影響並對經濟基礎發生影響。」

〔註49〕見《小說月報》第12卷第7號。
〔註50〕見松江署期演講會《學術演講錄》第1期（1923年出版）。

〔註51〕文學作品趨向於政治，這就體現了政治對於文學影響。作家通過作品
來影響政治，這是文學與政治關係的另一種體現。它又從別一個側面，引導
文學作品趨向於政治。馬克思主義認爲，人們的社會存在決定人們的意識。
文學作品作爲一種意識，歸根結蒂是由人們的社會存在決定的。它反過來趨
於社會，也完全是題中應有之義。說《文學與政治社會》一文的寫作受馬克
思主義的影響，是大體符合茅盾的思想實際的。但嚴格說來，這時影響茅盾
思想的，還只是馬克思主義的政治經濟學說和唯物史觀，而並不是馬克思主
義的文藝理論。

　　這位論者的下面一段論述也是值得推敲的：

　　　　（茅盾）對於「什麼是文學」的闡述是唯物主義的。茅盾認爲，
　　「文學屬於人（即著作家）的觀念，現在是成過去的了；文學不是
　　作者主觀的東西」，「文學的目的是綜合地表現人生」。〔註52〕茅盾特
　　別讚賞「文學是人生的反映（Retilection）這句話。他說：「人們怎
　　樣生活，社會怎樣情形，文學就把那種種反映出來。譬如人生是個
　　杯子，文學就是杯子在鏡子裡的影子。」〔註53〕他一再強調，「眞的
　　文學也只是反映時代的文學」。〔註54〕大家知道，馬克思主義認爲，
　　作爲上層建築，作爲觀念形態的文學作品，都是一定的社會生活在
　　人類頭腦中反映的產物，形象地反映社會生活和時代風貌，是文學
　　的根本特徵。茅盾從馬克思主義的唯物論的認識論出發，一再強調
　　文學是時代的反映，多次宣傳這個觀點，在當時是十分可貴的。

　　我認爲，在上述論述中，論者是將許多非馬克思主義的觀點當作馬克思
主義了。首先，一般地說文學表現人生、文學反映人生，這並不就是馬克思
主義的觀點。將人生作爲對象的文學可以是千差萬別的。對象固然重要，表
現和反映對象所依據的思維方式以及從題材內容中所提煉出來的主題思想，
更是至關重要的。同樣表現人力車夫，魯迅採用的是一種方式，胡適採用的
是另一種方式；魯迅所表現的是一種思想，胡適所表現的又是另一種思想。
可以說，他們在同類對象身上挖掘出了迥然不同的意義。茅盾的上述主張，

〔註51〕見《致博爾吉烏斯》，《馬克思恩格斯選集》第 4 卷第 506 頁。
〔註52〕見《文學和人的關係及中國古來對於文學者身份的誤認》，《小說月報》第 12
　　　　卷第 1 號。
〔註53〕雁冰：《文學與人生》，松江暑期演講會《學術演講錄》第 1 期（1923 年出版）。
〔註54〕郎損：《社會背景與創作》，《小說月報》第 12 卷第 7 號。

充其量不過是當時的「人生派」的主張，決沒有比托爾斯泰及前期羅曼・羅蘭的同樣主張高出多少。其次，「人生是個杯子，文學就是杯子在鏡子裡的影子」的說法，與馬克思列寧主義的能動的反映論的基本理論不甚相吻。果眞像茅盾所說的那樣，文學就只能充當錄音機和照相機，創作主體的主觀能動性又表現在何方？茅盾的「鏡中之影」說固然是合於唯物論的；但並非只要合於唯物論，也就合於馬克思主義。馬克思主義與機械唯物論無緣。再次，一般地強調文學反映時代，是不是馬克思主義的文藝思想？誠然，馬克思主義的文藝理論也要求文學反映時代，但必須通過塑造典型環境中的典型人物的途徑來反映，這樣所反映的時代特點更強烈，也更集中。而一般地要求文學反映時代，這樣的論述在泰納的著作中就能找到。

由此我想到一個問題，必須科學地估量馬克思主義在茅盾早期思想發展中所起的作用。說茅盾一開始就洞察一切，具備了很高的馬克思主義水平，這顯然不符合當時茅盾的實際情況。說茅盾自從接觸了馬克思主義以後就沒有遇到過矛盾，似乎也有悖於事實。說茅盾接受馬克思主義文藝觀與接受馬克思主義政治觀「同步」，也缺乏根據。說馬克思主義未在茅盾早期思想中發生重大影響，更是不應有的失誤。

我認爲，在茅盾早期思想發展過程中，馬克思主義所起的作用，先是局部性的，後是全局性的；先是淺層次的，後是深層次的；先是非主導性的，後是主導性的；先及於政治層面，後及於包括文藝思想層面的一切層面。

總之，馬克思主義在茅盾早期思想發展中的作用，應當得到充分的然而又是科學的估量！

五

茅盾「與馬克思主義的相遇」。白水紀子所提出的問題。我的思考和回答。茅盾間接接觸馬克思主義，在《托爾斯泰與今日之俄羅斯》中已有所反映。正式接觸，始於他爲《共產黨》雜誌撰稿之時。

下面我想談一談茅盾「與馬克思主義的相遇」的時間問題。問題是由日本學者白水紀子提出來的。

她這樣寫道：

現在有的評論者認爲沈（筆者注：即沈雁冰）對馬克思主義產

生共鳴的起點是 1919 年。在《托爾斯泰與今日之俄羅斯》中，沈讚
美俄國革命就是根據。但從以下幾點來看，不能以這篇論文理解爲
沈對馬克思主義是產生了共鳴。在這篇論文中，沈雖支持俄國革命，
但沒有將俄國革命和馬克思主義聯繫起來，對布爾什維克的評價也
極謹慎。當時沈認爲布爾什維克不承認政府的存續，從而和馬克思
主義區別開來加以考慮。……〔註 55〕

白水紀子認爲：「沈眞正開始接受馬克思主義是始於 1920 年 11 月創刊的
馬克思主義理論雜誌《共產黨》投稿。」〔註 56〕

從現有的資料來看，茅盾正式接觸或曰正面接觸馬克思主義的時間，大致
可以確定爲爲 1920 年 12 月出版的黨的機關刊物《共產黨》第 2 期撰稿的時候。
或者更早一些，即受陳獨秀之託翻譯英文的《蘇聯共產黨黨章》的時候。我的
說法與白水紀子的說法似乎沒有多大的區別，但我用的詞是「正式接觸」或「正
面接觸」，而不是「眞正開始接受」。開始接觸和開始接受，兩者之間存在著細
微的然而又是不難體會的差別。我認爲說「接觸」更爲準確。

白水紀子否認茅盾「對馬克思主義產生共鳴的起點是 1919 年」這樣一種
說法。對此我是讚同的。《托爾斯泰與今日之俄羅斯》一文，確實不能作爲茅
盾 1919 年就對馬克思主義產生共鳴的證據。共鳴，應是由相近的認識、共通
的情緒而引起的內心應和的效應。身逢其時的茅盾，對由布爾什維克領導的
俄羅斯土地上發生的革命，表現出了極大的熱情，但這是一個思想激進的進
步作家對推動社會前進的革命所必然作出的反應。因此與其說茅盾對馬克思
主義產生了共鳴，不如說是俄羅斯的面目一新的社會變革撥動了他的心弦，
使一顆渴望中國社會出現相應變革的心發生了共鳴。事實上，從當時和此後
茅盾的思想狀況來看，馬克思主義的主要之點，例如階級論、社會革命論、
唯物史觀、無產階級專政學說等等，並沒有在 1919 年或 1920 年左右就爲茅
盾所接受。可否這樣說：茅盾在寫作《托爾斯泰與今日之俄羅斯》一文時，
尚不具備與馬克思主義產生共鳴的條件。提出「共鳴」說的論者，尚缺乏足
夠有力的根據。

然而另一方面，我們又應該看到，《托爾斯泰與今日之俄羅斯》一文，畢

〔註 55〕 白水紀子：《沈雁冰在「五四」時期的社會思想》，《湖州師專學報》1991 年第
3 期。
〔註 56〕 同上。

竟體現了馬克思主義對茅盾的某種影響。當然，這種影響是間接的。俄羅斯的革命客觀上充當了傳播馬克思主義的媒介。這場震驚世界的革命，是列寧按照馬克思主義的基本原理加以引導的：蘇維埃政權的建立，是馬克思主義的一次成功嘗試。十月革命的勝利，也就是馬克思主義的勝利，證明了馬克思主義的無窮威力。它必然鼓舞全世界被壓迫者奮起鬥爭，走俄國人的路。十月革命的勝利，給當時的眾多志士仁人當然也包括茅盾以馬克思主義的影響。這是無可置疑的。說茅盾通過他所關注的十月革命，間接地接觸了馬克思主義，從而翻開了他早期思想發展中的嶄新一頁，當是可以的吧？白水紀子認為，茅盾「雖支持俄國革命，但沒有將俄國革命和馬克思主義聯繫起來」，據此，她認為茅盾此時尚未「真正開始接受」（實際上應為「接觸」）馬克思主義。我認為，俄國革命與馬克思主義存在著事實上的極為緊密的聯繫，這是不言而喻的。支持俄國革命，也就意味著擁護指導這場革命取得勝利的馬克思主義（對馬克思主義有多深的認識，這就難說了）。因此，我以為白水紀子所列的這條理由並不能成立。

六

簡單的結語。「我也是混在思想變動這個漩渦裡的一份子。」坦
率的自白，準確的描述。馬克思主義與茅盾早期思想的發展，這
是茅盾早期思想研究中的重要課題。研究有待於深化。

「我也是混在思想變動這個漩渦裡的一份子。」茅盾的自白道出了其早期思想發展中的真諦。「思想變動」具有複雜的內涵。馬克思主義對其所發生的影響，是思想變動的一項極其重要的內容。正是由於這種影響的存在，思想變動顯得極為深刻。茅盾的自白還告訴我們：他早期的思想變動，是由多種思想因素匯集而成的。因此，我們研究馬克思主義對茅盾早期思想的影響，就一定得緊緊扣住這個「漩渦」。以往我們的研究工作不盡如人意，一個重要的原因是忽視了這個「漩渦」。茅盾的自白，是對自身早期思想發展的準確描述。

馬克思主義與茅盾早期思想的發展，這是茅盾早期思想研究中的一個重要課題，然而又是研究者投入最少的一個課題。這種狀況，是與課題的重要性不相稱的。投入有待於增加，研究有待於深化。

但願本人的拙見能成為引玉之磚。